读客

读客科幻文库

跟着读客读科幻，经典科幻全看遍。

地海传奇 | 第⑥部 | Earthsea Cycle 6

地海奇风

The Other Wind

Ursula K. Le Guin

[美] 厄休拉·勒古恩 著
段宗忱 译

江苏凤凰文艺出版社
JIANGSU PHOENIX LITERATURE AND ART PUBLISHING, LTD

厚坚
博茨
欧司可海峡
欧司可
梭瑞司克
挪斯特
碎石礁
依波司可
突普
拉英
德群岛
道恩
偕梅
安丹登山
彼西
伊彼西
帕恩
革梅
贝茨
帕恩海
法力恩山脉
娄叟
艾伯恩
斜辟墟
托宁
下托宁
厚斯克
蟠多
奈墟
九十屿
卓干
柔克
吉斯
绥尔
安丝摩
瑟得
帕迪
瓦梭
西勒
德黑门
纳维墩
偕勒多
欧农
偕勒多之门
龙居诸屿
乌里
乌西翟洛
黎斯克
耶逖
托林峡
印嘎特
昂图哥
西陲
开尔突
阿林思
邻开尔突
法尔突
西姆利
阿巴
节西济
沙岛
洛拔纳瑞
欧贝侯
南陲
威勒吉
长沙丘
远叟

鲸屿
列夫
寇摩寇米
施米奇
北恩瓦
南恩瓦
索特
N
NW
NE
W
E
SW
SE
S
别瑞斯韦
阿勒诺群岛
北 陲
腓林斯
安卓群屿
内玄
英拉德之颔
北齿列屿
欧兰扎
锐亚白
佩若高
南齿列屿
安卓
卡 耳 格 帝 国
胡珥胡
麦斯雷斯
欧瑞尼亚
弓忒
阿耳河河口
东港
伊亚
坎渤
司贝维
珥尼尼
弓忒港
伊比亚
陵墓
托何温
阿瓦巴斯
峨团
巴尼斯克
瑞文尼亚山脉
卡瑞构
伊斯可
欧恩山
托里口
青伯口
黑弗诺大港
手岛
威岛
欧查德
飞克威
飞克威湾
撒丁
肥米墟
威马施
芬围
偶托克尼
米墟港
悦儿
佩丽蓝
斯乃哥
攸尼海岭
外依蓝
东 陲
偶港
偶岛
封闭海
意斯美
远托利
托壳
易飞墟
扣儿圃
猴圃
殷司莫
狗皮墟
攸尼
卡圃
塞力特列屿
纳密恩
阿普索
索德斯
弥斯克
罗洛梅尼
瓦梭
嘎勒
都涅
培拉莫
够斯克
大南礁
寇内
耳岛
埃斯托威
开阔海

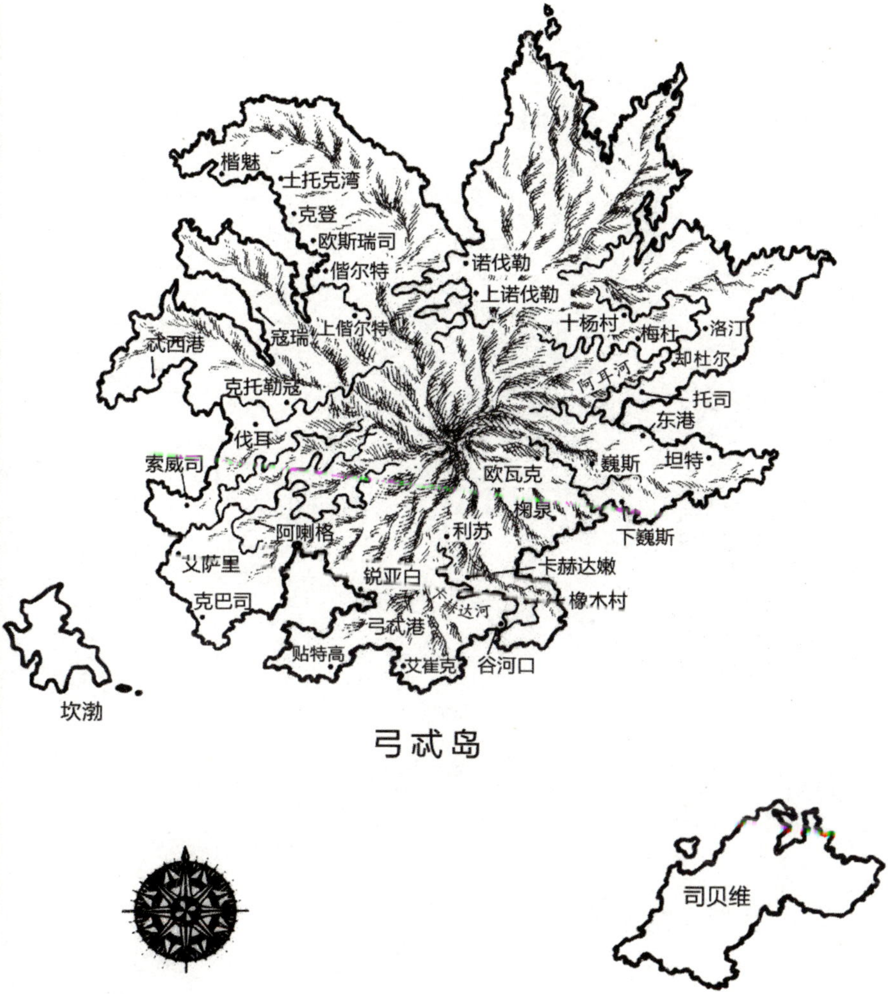
楷魅
士托克湾
克登
欧斯瑞司
偕尔特
诺伐勒
上诺伐勒
十杨村
梅村
洛汀
却杜尔
阿耳河
托司
东港
忒西港
寇瑞
上偕尔特
克托勒寇
伐耳
索威司
巍斯
坦特
欧瓦克
栩泉
利苏
下巍斯
阿喇格
义萨里
卡赫达嫩
锐亚白
橡木村
克巴司
卡赫达河
弓忒港
贴特高
艾崔克
谷河口
坎渤
弓忒岛
司贝维

目录

001 第一章 修复绿水壶

067 第二章 王宫

127 第三章 人龙会议

175 第四章 海豚

229 第五章 重合

279 作者后记

第一章

修复绿水壶

MENDING THE GREEN PITCHER

如天鹅翅膀般白皙修长的船帆，载着“远翔”号飞在夏日气息中，穿过雄武双崖，进入海湾，朝弓忒港航行。船滑入码头边缘的平静海面，风之造物自信优雅的身形，令旧码头边钓鱼的两个镇民欢呼赞叹，朝着船员及船首的唯一乘客挥手欢迎。

男子身形消瘦，背个扁平包袱，披着陈旧黑斗篷，看来像个术士或商人，无足轻重。两名钓客看着准备卸货的船舰在码头及甲板上引起阵阵骚动。乘客离开时，一名水手在他背后伸出左手拇指、食指和小指指向他——这手势意指：“永不再见！”仅有这件事引起钓客些微好奇，稍瞥了乘客一眼。

他在码头上迟疑片刻，终于背起包袱，朝弓忒港内人群熙攘的街道走去，不一会儿就抵达了鱼市，那里人声鼎沸，满是小贩与买客，石板路上泼洒的鱼鳞与馊水渍一片晶亮。他原本傍路而行，旋即迷失在推车、摊贩、人群与死鱼的冰冷瞪视之间。

一名高大老妇方才辱骂鲱鱼不新鲜、渔妇无信，转身背向摊贩，陌生人发现老妇与自己四目交会，不智地问：“请问您能否告诉我，到锐亚白该怎么走？”

“你先跳猪食里去吧！”高大妇人说完便大步离去，留下委屈惊愕的陌生人。渔妇发现这正是证明自己高尚人格的大好机会，立刻高喊：“锐亚白是吧？你要去锐亚白吗？那你说大声点嘛！你去锐亚白一定是要找老法师之屋。一定是。你从那个转角出去，然后走那条耶弗司巷，看到了没，直直走到高塔那里……”

一离开市场，宽广街道引领他上山，经过巨硕瞭望塔，来到城门。两头栩栩如生的石龙守护门口，露出与他前臂一般长的牙齿，石眼茫然望向城镇和海湾。懒洋洋的守卫说，山路顶端左转，便可抵达锐亚白。“继续走，穿过镇上，就会走到老法师之屋。”守卫道。

于是他疲累地爬上陡峭山路，边走边抬头望着更为险峻的山坡，以及更为遥远、像云朵般悬于岛屿之上的弓忒山顶。

路途遥远，天气炎热，他不久便褪下兜帽，解下黑斗篷，仅着衬衫。他早先没想到在城里买点饮水或食物——或许是因为太羞怯，毕竟他不习惯城市，也不善于和陌生人打交道。

漫长数英里路后，他赶上一辆牛车。他大老远就看到了这辆车，裹在尘埃中，一团浅灰中的一团黑。牛车吱吱嘎嘎前进，由一对乌龟般年老、皱缩、木然的矮小牛只拖拉。他向车夫打了个招呼，但车夫一语不发，只是眨眨眼。

“前方是否有泉水？”陌生人问。

车夫缓缓摇头，良久才说：“没有。”一会儿又道，“前面没有。”

两人缓慢前行。气馁的陌生人察觉自己的速度无法胜过牛，一个小时大概只能走一英里[①]路。

他突然发现车夫正无言地朝他递过来某样东西：一只以藤枝缠绑的大陶壶。他接下，感到壶非常沉重，喝足水后，他将重量几乎丝毫未减的陶壶递回，附上一声感谢。

“上来吧。”一会儿后，车夫说道。

---

① 1英里≈1.609公里。——编者注（若无特别说明，本书脚注均为编者注）

“多谢，我步行就好。到锐亚白还要多远？”

车轮吱嘎作响。牛只轮流长叹，沾满泥尘的皮毛在炙热阳光下散发甜美气息。

“十英里，”车夫说，想了想后又道，“或十二英里。”一会儿后，又说，“至少。”

“那我最好继续赶路。”陌生人说。

喝下清水，精神为之一振，他终于能走在牛只前头。再听到车夫声音时，他已经离牛只、牛车和车夫好一段距离。“要去老法师之屋。”车夫说。即便那是问题，也已不需答案。旅人继续前行。

他启程时，日头犹笼罩在高山巨硕阴影下，但等他左转进入看似锐亚白的小镇，落日已在西方天际灿烂燃烧，下方海面一片银白。

小屋零散，小广场遍地灰尘，一座喷泉喷落细长水柱。他笔直走向喷泉，一再掬水畅饮，又将头伸到水柱下，用沁凉泉水搓洗头发，任水丝沿双臂流下。他在喷泉边坐了一会儿。两个全身脏污的小男孩和一名小女孩，专注而安静地打量他。

“他不是蹄铁匠。”一名男孩说道。

旅人以手指爬梳湿润头发。

“笨蛋，他是要去老法师之屋。”女孩说。

“呀啦——！”男孩喊，一手将脸拉成可怖的歪斜皱眉状，另一手则屈成爪形，在空中挥抓。

“阿石，你小心点。”另一个男孩说道。

“带你过去。”女孩对旅人说。

“谢谢。”他疲惫地起身。

“看！他没巫杖。”一个男孩说。另一个男孩答：“我没说他有。”两人以阴郁目光看着旅人跟随女孩走上一条往北小径，离开村庄，小径穿过一片朝左方削落的崎岖陡峭牧地。

太阳刺目地照在海面上，眩惑视线，高耸天际与吹袭的海风令他眩晕。孩子变成在前方跳动的小影子。他停下脚步。

“来啊。”女孩唤道，但也停下脚步。他沿着小径走到女孩身旁。

“那里。”女孩说。他看到一段距离外，悬崖边缘有间木屋。

“我不怕，”女孩说，“我经常拿那家的鸡蛋去给阿石爸爸带到市场卖。有一次她给我桃子。那个老太太给我的。阿石说是我偷摘的，可是我没有。去吧。她不在那里。她们都不在。”

女孩静立，指着房子。

“没人在屋里吗？”

“老人在。老阿鹰。”

旅人继续前进。孩子留在原地看着他，直到他绕过房子拐角。

两头山羊自陡峭的围篱田野俯视陌生人。一群母鸡与半大不小的鸡仔在桃树及李树下的长草间啄食，轻声咯咯交谈。一名男子站在倚树而立的矮梯上，埋首叶间，旅人只看得到他光裸的褐色双腿。

“日安。”旅人招呼，一会儿后又更大声地说了一次。

叶丛摇晃，男子迅捷从梯子爬下，手中抓着一把李子，下梯时，顺手拍去两只被果蜜招引来的蜜蜂。他向旅人走来，身形矮短，背脊笔直，英俊脸庞饱经风霜，灰发扎在脑后，看来七十好几，四道白缝样的疤自左颧骨延伸到下颌，眼神澄澈、直率、锐利。“果子熟了，不过放到明天会更好吃。”男子递上手中一把小小黄色李子。

“雀鹰大人，”陌生人语音沙哑地问候，“大法师。”

老人微微点头回应：“来树荫下。”

陌生人跟在老人身后，依言坐在离房子最近的一棵老树下，林荫笼罩的木头长椅上。李子已洗涤干净，盛在藤篮中，他接过李子，吃了一个，又一个，再一个，老人问及时，他承认一整天都未进食。他继续坐在树下，看着老人入屋，而后拿着面包、乳酪与半颗洋葱出现。客人吃下面包、乳酪与洋葱，又喝下一杯主人端来的冷水。主人吃着李子相陪。

“你看来很累。从多远的地方来的？”

“从柔克来的。”

老人神情难以解读，只说：“真意外。”

“大人，我来自道恩岛。我从道恩岛去到柔克，那里的形意师父告诉我，我应该来这里，来找您。”

“为什么？”

老人目光晶亮逼人。

“因为您是‘跨越暗土仍存活’……”旅人沙哑的语音渐弱。

老人接道：“‘且舟行至当世诸多远岸者’。没错，但那是预言黎白南王的出现。”

“您与他同行，大人。”

“是的，他在那里赢得他的王国，我却在那儿留下我的。所以别以任何头衔称呼我。你可以随意称我为鹰，或雀鹰。我该如何称呼你？”

男子低声道出通名：“赤杨。”

食物、饮水、树荫与安坐，显然舒缓了不适，但赤杨依然显得心力交瘁，某种沉倦哀伤满溢脸庞。

老人先前说话时，语调犹带一丝冷硬，再度开口时已不复存：“有话晚点再说。你航行了将近一千英里远，还爬了十五英里的山路，而我妻女托我照顾这座菜园，我得为豆子、莴苣等蔬菜浇点水。你先歇会儿，我们可以趁傍晚较凉爽时再谈，或等到凉爽的清晨也可以。如今，我很少会像过去那般，认为凡事都缓不得了。”

半小时后，老人回来，来客已仰天躺平在蜜桃树下的沁凉草地上，沉沉入睡。

曾是地海大法师的男子一手提着水桶，一手拿着铲子，驻足低头看着沉睡的陌生人。

“赤杨，”老人悄声说，“你带来什么样的麻烦，赤杨？”

老人依稀觉得，只要想想，只要心意所至，便可知晓此人真名，一如过去曾是法师时。

但老人不知此人真名，即使心想也不得而知，而且他已不再是法师。

老人对这赤杨一无所知，必须等赤杨自己来说。

“麻烦事儿别碰。”老人自语，继续为豆子浇水。

房子附近悬崖顶边的矮石墙遮挡阳光，微凉阴影扰醒了沉睡者。他边打哆嗦边坐起身，略微僵硬又迷惘地站起，发间还夹杂着草籽。一看屋主忙着往井里打水，把水桶拖进菜园，他立刻前去帮忙。

“再三四次应该就够了。”前大法师说道，将水一瓢瓢浇灌在新生包心菜上。干燥温暖的空气中，湿润泥土闻来更为芳香，金黄的西落日光洒了一地。

两人坐在门前长凳，望着太阳落下。雀鹰拿出一只瓶子与两只厚实的泛绿宽口玻璃杯。“我继子酿的酒，”雀鹰说，“从中谷橡木农庄来的。七年前的酒，年份很好。”火亮色红酒暖遍赤杨身子。太阳沉静、清晰地落下，风止息，果园鸟儿唱出一日终曲。

赤杨从柔克形意师父那儿听闻，将王从死境带回、乘龙飞升而去的传奇人物大法师雀鹰仍在人世，惊讶不已。形意师父说，大法师依然健在，住在家乡弓忒岛。

“我告诉你的是一件少人知晓的事。”形意师父当时说道，“我认为你需要知道，我想你会为大法师保密。”

“那么，他依然是大法师！”赤杨当时带着某种喜悦说道。黎白南王统治多年来，地海王国魔法中枢暨学院的柔克岛上，智者未再指派任何大法师取代雀鹰。这点令所有身怀法艺的人大感不解，也相当关切。

“不，”形意师父说道，“他绝不是法师了。”

形意师父曾略微提起雀鹰如何、为何丧失力量，赤杨也曾花时间仔细推敲，但在这里，眼前的这名男子曾与龙族交谈，带回厄瑞亚拜之环，跨越亡者王国，在王继位前统治整个地海王国，于是所有故事及歌谣都汇聚赤杨脑海。虽然赤杨发现这人已年老，甘于侍奉这片菜园，体内与周身也不再有法力，只余历经思与行的漫长人生后灵魂所能得的力量，他依然看到一名伟大的法师。因此，雀鹰有妻子一事，令他颇为不安。

妻子、女儿、继子……法师没有家人。像赤杨这类平凡术士可以自行决定是否结婚，但拥有真正法力的男子都禁欲。赤杨可以轻易想象眼前男子骑乘龙背的景象，但想象他身为丈夫、父亲的模样，则是另一回事。他实在办不到。他继续试问："您……夫人……她现在正与她儿子同住，是吗？"

雀鹰原本凝视西方海湾，闻言自远处回神："不，她在黑弗诺，在王那儿。"

一会儿后，雀鹰完全回神，续道："长舞节后不久，她便跟我们的女儿一起去了，黎白南请她们前去咨议。也许所议之事与你前来找我的是同一件。之后再说……说实话，我今晚颇累，不太愿意谈论重大事情，你看起来也很累，所以，也许你该喝碗汤，喝杯酒，然后睡觉？我们明天一早再谈。"

"除了睡觉之外，"赤杨道，"一切乐意之至。大人，令我害怕的正是睡眠。"

老人花了一段时间才反应过来，回问："你害怕睡觉？"

"梦境。"

"啊。"一道锐利目光自斑白纠结眉毛下的深黑眼眸射出，"我想你在草地上好好地睡了场午觉吧。"

"是离开柔克岛后睡得最香甜的一次。感激您的赐予。也许这样的安睡今晚会再次降临，但如果没有，我会在睡梦中大力挣扎、喊叫、惊醒，对附近的人是种负担。如果您允许，我希望睡在室外。”

雀鹰点点头：“今晚天气会很舒适。”

的确是个舒适夜晚，空气清凉，海风自南方柔柔吹拂，除了宽阔山峰伫立之处外，夏季的星辰白光点亮天际。赤杨将主人给的床垫与羊皮铺在先前躺过的草地上。

雀鹰躺在屋中面西的小凹室中。这里还是欧吉安的家，还是欧吉安的学徒时，年幼的他便睡在那里。恬哈弩成了他的女儿后，过去十五年来，那儿成了她的卧榻。如今恬哈弩和恬娜均不在家中，如果要他独自躺在唯一房间中黑暗角落里，他跟恬娜的床上，会格外孤寂，因此他开始睡在凹室。他喜欢这张直接位于窗下、自厚木墙延伸出来的小榻，在那里睡得很好。今晚却并非如此。

子夜前，屋外一声呐喊及声响吵醒雀鹰，令他直直跳起，走向门前。屋外只有赤杨，正与恶梦搏斗，喊声中夹杂着鸡屋里鸡群的抗议。赤杨以浓重呓语大喊，苏醒，在恐慌与不安中坐起，向主人道歉，说要在星辰下坐一会儿。雀鹰回到床上。赤杨没再吵醒他，但他自己也做了一场噩梦。

雀鹰站在一面石墙边，附近是道长长高坡，地上长满灰干短草，在昏暗光芒下朝黑暗延伸而去。他知道自己去过那儿，曾站在那儿，却不知那是何时，抑或何处。有人站在墙另一边的山坡上，靠近山脚，离他不远。他看不到那人的脸，只看出是名高大男子，身着斗篷。他知道自己认识那人。那名男子以他的真名唤他："格得，你很快也会来到这里。"

寒彻入骨，雀鹰坐起，瞪大眼睛好看清房舍，让四周的真实如棉被般包裹自己。他隔窗望向星辰。突来的一阵冰寒透彻心扉。那些不是他钟爱熟悉的夏季星宿——不是"马车""猎隼""舞者""天鹅之心"，而是别的星辰，是旱域微小静止的星辰，永不升起落下。他还通晓事物真名时，曾对那些星辰的名字了然于心。

"消灾！"雀鹰喊道，比出十岁时学会的厄运驱散手势。目光射向大开门户、门后角落，以为看见黑暗逐渐聚结，凝聚成团，渐渐升起。

手势虽无力量，却唤醒了他。门后阴影只是阴影，窗外星辰是地海的星辰，在映照的第一线曙光中愈发苍白。

雀鹰拉着肩上围裹的羊皮，坐在床上，看着星星缓缓西沉淡出，看着天色渐明、朝霞缤纷，新的一日展现变化。他心中有某种哀伤，不知从何而来，犹如某种痛苦和渴望。源自于心爱的事物失去，永远失去。他已习惯这点，曾拥有许多心爱事物，也失去过许多，但这哀伤如此巨大，仿佛不属于自己。仿佛悲伤根植核心，即使光芒降临也还存在，出自梦境，依附于他，在他起身时滞留不去。

雀鹰在大壁炉中点起一小簇火，到蜜桃树群与鸡舍采集早餐。赤杨从悬崖顶上朝北而去的小径返回，说自己天一亮就去散步了。他面露累积经年的疲惫，雀鹰再次震慑于他的悲凄神色，与自己梦境所余之深沉情绪相映。

两人饮用了弓忒人喝的温热麦粥，吃了煮蛋、桃子。山荫下的晨霭冷到让人无法待在户外，两人便在炉火边用餐。接着，雀鹰出去照料牲口，喂鸡，喂鸽子谷粒，放羊入牧地。回到屋内后，两人再度并坐在前院长凳，此时太阳尚未爬过山头，但空气已变得干燥温暖。

“赤杨，告诉我，你为何而来。但既然你从柔克来，先告诉我宏轩馆内是否一切安好。”

“大人，我没进去。”

“啊。”平和语调，却伴随锐利一瞥。

“我只进入心成林。”

“啊。”平和语调，平和一瞥，“形意师父好吗？”

“师父对我说，‘代我向大人致上我的挚爱与崇敬，告诉大人，希望我们能像过去一般，同行于心成林间。’”

雀鹰略带忧伤地微笑。少时，说：“原来如此，但我想他让你来不只为了说这些。”

“我会尽量长话短说。”

“一天还长得很哪，而且我喜欢听故事从头说起。”

于是赤杨从头开始诉说自己的故事。

赤杨是女巫之子，出生于乐师之岛——道恩岛——的艾里尼镇。道恩岛位于伊亚海南端，离遭海浪淹没的索利亚不远。那里曾是地海的古老心脏地带，当黑弗诺岛上只有相互争斗的土著，而弓忒只是任野熊统治的荒野时，彼处岛屿便已有邦国与城镇、王及巫师。在伊亚、艾比亚、英拉德岛或道恩岛出生的人，即便只是挖沟人之女或女巫之子，都自认为是古法师后裔，与黑暗年代为叶芙阮王后而死的武士系出同源。他们彬彬有礼，偶尔掺杂过度的高傲，拥有宽大坦荡的胸怀与言谈，凌驾平庸俗事与词藻之上，但也因此广受商贾怀疑。“像没系线的风筝。”黑弗诺富商如此形容彼处人民，却也不敢让系出英拉德一族的黎白南王听到如此想法。

地海最好的竖琴出自道恩岛，岛上也有音乐学院，许多著名的歌谣行谊歌者皆生于此，或曾在此修习。然而，赤杨说道，艾里尼只是山中一个市集小镇，并未浸濡在音乐中，而他母亲百莓是名贫妇，只是还不至三餐不继。她有个显眼的胎记，从右眉及右耳延伸至肩上。许多有如此印记或怪异之处的男女都因而成为女巫或术士，一般人认为这是“天注定”。百莓修习咒法，也会操弄一般女巫之术，虽缺乏真正天赋，却也有某种不凡能力，几乎像魔法天赋般有用。她因而以此维生，尽其所能训练儿子，也攒足钱送儿子去跟赋予真名的术士学艺。

关于父亲，赤杨只字未提，对他一无所知。百莓从未提起。女巫很少禁欲，但也很少与任何男子维持比露水姻缘更亲密的关系，与男子结婚更是少之又少。较常见的是两名女巫共度一生，人称此为“巫婚”或“女誓”。因此，女巫之子会有一名或两名母亲，但没有父亲。这点无须多言，雀鹰也未追问，却询问起赤杨的受训过程。

术士“塘鹅”将自己仅知的少数真言文字和几个寻查与幻象

咒语授予赤杨，孩子在这两项上毫无天赋。但塘鹅依然花费心思发掘赤杨的真正天赋——修补，他能重组、复原物品至完好如初。无论是损坏的工具、折断的刀刃或车轴，还是一只粉碎陶碗，他都能将碎片破块重组，不留一丝瑕疵、缝痕或缺损。因此师父派赤杨在岛上四处搜寻修补咒文，他多半从女巫那儿得来，靠自学研读咒文，习得修复之术。

“这算是某种治愈术，”雀鹰说，“是种不小的天赋，也非轻易可得的法艺。”

“对我而言，是份喜悦。”赤杨说，脸上浮现微笑的虚影，“解开咒文，有时还发现该如何使用某个真言之词以完成工作……重新组合一只木片都从铁锢上脱落的干裂木桶……看见木桶再度完整，恢复应有圆弧，底座稳固，等待酒浆倾入，都让我倍感满足……曾有位来自梅翁尼的竖琴师——是位伟大竖琴师，弹奏时，噢，像高山上的急风骤雨，海上的海啸风暴——他对待琴弦颇为粗暴，每每陷入演奏的激情而用力弹奏、拉扯，琴弦常在音乐飞升的巅峰断裂。因此，他演奏时便会雇用我，要我留在身边，他弹断琴弦时，我会在下个音符出现前立刻修补好，让他继续弹奏。”

雀鹰如同行间谈论专业般殷切点头聆听，问道：“你修补过玻璃吗？”

“我修过，但那真是一次漫长、艰困的工作，”赤杨说，“玻璃有一大堆细小碎片。”

“不过，袜子脚跟上的大洞可能更难补。”雀鹰说。两人继续谈了一会儿修补技艺，之后赤杨继续说故事。

赤杨成为一名修补师，然后成为收入中等的术士，魔法天赋让他在当地小有名气。约三十岁时，他陪同竖琴师前往岛上大城梅翁尼，担任婚礼乐师。一名女子造访下榻处，是名年轻女子，未受过任何女巫的训练，但女子自称具备魔法天赋，与赤杨一般，希望赤杨能教导她。女子的天赋更胜于他，虽对真言半字不晓，却能只凭双手动作及一首低声喃唱的无词歌调，修补破壶断绳；她也曾接合人与牲畜的断肢，这是赤杨自己从不敢尝试的。

因此，与其说是赤杨教导她，还不如说两人在技艺上彼此切磋。她与赤杨同返艾里尼，与赤杨母亲百莓同住，百莓教了她几种加强顾客印象的装扮、效果及方法，虽然并不含多少真正女巫知识。女子名叫百合。百合与赤杨在艾里尼共同工作，名声日渐远播，行迹逐渐遍及附近所有山城。

“我渐渐爱上她。”赤杨说。一提到百合，赤杨声音逐渐改变，退去迟疑语调，愈趋急切，更富音韵。

“她发色深，带着一抹红金色光泽。”赤杨说。

赤杨无法隐瞒爱意，百合察觉后便同样回应。百合说，无论如今是否为女巫，她都毫不在意，两人生来便彼此相属，无论工作或是人生。百合爱他，愿与他共结连理。

两人结了婚，婚后第一年生活喜悦无比，之后半年亦是。

“孩子即将降生前，一切都毫无异样，”赤杨说，“但产期过了很久，孩子依然没出生。产婆试图以草药和咒文催生，但仿佛孩子不愿让她生下，不愿与她分开，不愿降生在世界上。结果，孩子没出世，也带走了她。”

良久后，赤杨说：“我们曾共享极大的欣悦。”

“我明白。”

“因此我的哀痛也同样深沉。”

老人点点头。

“我能忍受。”赤杨说，“您知道那是怎么回事。虽然我找不到什么理由活着，但我能忍受。”

“确是如此。”

“但在冬天，她去世两个月后，一个梦出现了，她在梦里。”

“告诉我。”

“我站在山坡上。有道矮墙自坡顶朝山脚下延伸，如绵羊牧地间的一道隔墙。她站在山脚下，隔着墙面对我。那里比较阴暗。”

雀鹰点了点头，脸庞如岩石般冷硬。

“她呼唤我。我听见她唤我的名字，我朝她走去。我知道她已经死了，我在梦里明白这点，但还是喜悦地前去。我看不清楚她的身影，所以我朝她走去，好看看她，好跟她在一起，而她伸手越过围墙，那道只及我胸口的墙。我以为孩子会跟她在一起，但没有。她对我伸出双手，我也朝她伸出双手，握住她的手。”

“你们碰触了？”

“我想去她那里，但无法越过墙，双腿无法移动。我试着将她拉到身边，她也想过来，也似乎过得来，但墙阻隔我们。我们无法越过墙。因此她靠向我，吻上我的嘴，说了我的名字。她说道：‘放我自由！’

“我以为如果用她的真名呼唤，便能解放她，将她带过那道墙，所以我说，‘玫芙蕊，跟我来！’但她说，‘哈芮，那不是我的真名，那再也不是我的真名了。’我试图拉住她，但她放开我的手。她一面喊道，‘哈芮，放我自由！’却一面走回黑暗。墙那端的山坡一片黑暗。我呼唤她的真名、她的通名，以及所有我称呼她的亲密小名，但她渐渐远离。于是，我醒了。”

雀鹰长久而专注地凝视访客：“你给了我你的真名，哈芮。”

赤杨略微震惊，缓慢地长呼几口气，带着悲痛的勇气抬起头。“还有谁更值得我信任、交托真名？”

雀鹰严肃致谢：“我会尽力不负你所托。告诉我，你知道那地方、那道墙……是什么地方吗？”

“我当时不知道。现在，我知道您曾经越过它。”

“是的。我到过那座山丘，凭着曾拥有的法力与技艺，亦越过那座墙，进入死者之城，与生时曾识得的人交谈，有时他们会回应。但，哈芮，在柔克、帕恩或英拉德群岛上所有伟大法师里，你是我认识或听说过的，第一位能碰触、亲吻墙那侧爱人的人。”

赤杨垂头坐着，双手紧握。

“你愿不愿意告诉我，她的碰触是什么样的？她的双手温暖吗？她是冰冷的空气、阴影，或是像活生生女人一般？请原谅我的问题。”

“大人，我希望能回答您。在柔克，召唤师父也问了相同问题，但我无法确实回答。我对她的渴望如此强烈，我如此期盼……可能我对她的渴望，就如她在世时一样。但我不知道。在梦境里，并非一切均清晰可辨。”

“梦境的确如此。但我从未听说有任何人在梦境中去那座墙。若巫师曾习得路径，又拥有力量，必要时，可寻路前往该处。倘若缺乏知识及力量，只有濒死之人能……”

雀鹰停语，忆起昨夜梦境。

“我以为那是个梦，”赤杨说，“它困扰我，但我很珍惜。一想到梦境，便像在心田上犁出一道伤口，但我依然攀附住那份痛苦，紧紧抱住。我渴望，我希望再次做梦。”

“你又梦到了吗？”

“是的，我又做了一次梦。”

赤杨茫然直视西方的碧蓝天空及海洋。宁静海面上，朦胧躺着坎渤岛上阳光遍洒的低矮山丘。两人身后，太阳正越过高山北肩，灿烂升起。

“那是第一个梦之后的第九天。我在同一地方，但站在更高处。我看到墙在下方，横越斜坡。我跑下山，呼唤百合，确信会看见她。那里有个人，但一靠近，发现那不是百合。是名男子，正在墙边，弯着腰，仿佛在修补。我问他，‘她在哪里，百合在哪里？’他没回答也没抬头。我看到他在做什么。他不是在修补围墙，而是拆除，以手指探挖一块大石。石头毫无动静，他说道，‘帮帮我，哈芮！’我发现那是为我命名的师父，塘鹅。他已去世五年了。他不停以手指探挖拉扯大石，并再度喊我的名字，‘帮帮我，让我自由。’他站起身，越过墙向我伸出双手，像百合一样，握住我的手。但他的手给了我某种灼烧感，不知是因热或因冷，但他的碰触灼烧了我，我抽开手，疼痛和恐惧让我自梦境惊醒。”

赤杨一面说话，一面伸出手，露出手背和手掌上一块像旧瘀青的黑印。

“我已经知道不能让他们碰触我了。”赤杨低声说。

格得看着赤杨的嘴，双唇上亦有一块黑印。

“哈芮，你当时身陷生死边缘。”格得亦柔声说道。

“还没说完。”

赤杨的声音挣脱静默，继续说故事。

隔晚，他再度入睡，发现自己又站在昏暗山丘上，看到石墙从山顶越过山坡，延伸而下。他朝石墙走去，希望能在那儿找到妻子。“就算她无法跨越，或是我无法跨越，我都不在乎，只要能见着她，与她说话。”他接近墙边，看到一群影子般的人在墙另一边，有些清晰，有些模糊，有些似曾相识，有些素昧平生，即使百合站在人群中，赤杨也没见到她。他一靠近，每个人都对他伸出双手，以真名呼唤他：“哈芮！让我们跟你一起走！哈芮，解放我们！”

“听见陌生人呼喊自己的真名，真可怕。”赤杨说，“被亡者呼唤亦是可怖。”

赤杨试图转身爬上山坡，远离石墙，但双腿陷入梦中常有的衰软，无法支撑身体。他双膝跪地，以免被拖至墙边；虽然四周无人能帮助他，他仍大声呼救，因此在恐惧中惊醒。

自那时起，在每个深眠夜晚，他都会发现自己站在山坡上，身陷枯槁的灰干短草间，面对山下石墙，亡者阴暗虚幻地聚集墙边，对他哀求、哭喊，呼唤他的真名。

“我醒来，”赤杨说道，“在自己房里，而非山坡上，但我知道他们在那里。我还是得睡觉。我试过不断让自己清醒，若时间允许，则在白昼入睡，但我终究得睡觉。我会再度回到那里，他们亦在那里。我无法爬上山坡。我一移动，必定是下山，朝墙边前进。有时我可以背向他们，但我会以为在人群中听到了百合的声音，对我呼喊，我转身寻找，而他们便会向我伸出双手。”

赤杨低头看着紧握的双手。

“我该怎么做？”

雀鹰一语不发。

良久后，赤杨说：“我对您提过的竖琴师是我的好友，一阵子后，他看出来我有点不对劲，我告诉他，我因为害怕有亡者的梦境而不敢入睡，他催促我、协助我搭船前往伊亚，去跟那里的一位灰巫师详谈。”赤杨指的是一名在柔克学院受过训的人，“那巫师一听我的梦境，便要我一定得去柔克。”

“他叫什么名字？”

“贝瑞。他服侍道恩岛领主伊亚亲王。”

老人点点头。

“贝瑞说他爱莫能助，但他的吩咐对船长而言有如定金般稳当，我便再度回到海上。那是段漫长航程，远远绕过黑弗诺岛，直入内极海。我以为或许在船上，日渐远离道恩岛，便能将梦境抛诸身后。伊亚的巫师称我梦中身处之地为旱域，而我以为或许到了海上，便能离开那儿。但我每晚必定会回到那山边，随着时间过去，甚至一夜数次。两次、三次，甚或一合眼，就站在山边，看着下方石墙，听着呼唤我的声音。我像是个因伤口疼痛而疯狂的人，只有在睡眠中才能找到仅存的宁静，但睡眠便是我的折磨，充满那些聚集墙边的悲惨亡灵，他们的痛苦及哀伤，以及我对他们的恐惧。”

赤杨说，很快，无论白天夜晚，水手都躲着他，因为他会大喊出声，凄惨惊叫吵醒水手，水手还认为他身缠诅咒，或体内有尸偶寄居。

“你在柔克岛上亦无安宁吗？”

“除了在心成林。”赤杨一提起心成林，表情立时转变。

一瞬间，雀鹰脸上也浮现相同神情。

“形意师父带我到树下，我终于能入睡，即便在夜里。白天，如果太阳照耀在身上，像昨日下午在这里时，如果感受到太阳温暖，赤红光芒映穿眼皮，我便不怕做梦。但心成林里毫无恐惧，我再度能爱上夜晚。”

“说说你到柔克时的情况。”

虽然疲累、哀伤及敬畏妨碍赤杨叙述，他依然有道恩岛人舌灿莲花的天性，虽因唯恐故事过于冗长或赘述大法师早已知晓的事物，叙述稍有简省，但雀鹰能清楚想象，忆起自己首次抵达智者之岛的感受。

赤杨在绥尔镇码头下船时，有名水手在桥板上画了闭户符文，好预防赤杨再度回到船上。赤杨发现了，却认为水手的行为理所当然。他感觉自己厄运缠身，感觉体内含蕴某种黑暗，因而比平常进入陌生城镇时更为害羞。绥尔尤其是个陌生城镇。

“街道误导了你。”雀鹰说。

“大人，还真是这样！对不起，我只是道出心中所想，不是您……”

“没关系。我以前习惯了。如果能让你安心讲述，就当我是牧羊大人也行。继续说吧。”

不知是因询问的对象误解意思，抑或赤杨误解方向指示，他在山峦起伏、宛如小型迷宫的绥尔镇上漫游，学院从未离开视野，却无法接近。最后，绝望中，他来到平凡无奇的广场，有座空旷的墙，有扇朴素木门。盯视好一阵子后，赤杨发现这里正是自己一直想要抵达的围墙。他敲敲门，一位脸庞安详、眼神安详的男子开了门。

赤杨正准备说伊亚的贝瑞巫师派自己来，有口信转述给召唤师父，却毫无机会开口。守门师父凝视他一会儿后，温和说道：“朋友，你不能把他们带进这屋里。”

赤杨没问师父不能把谁带进屋里。他知道。过去数晚，他几乎毫未合眼，睡下片刻，便在恐惧中惊醒，即便白天时睡着，也会在阳光遍洒的甲板上看见山坡灰草，在海浪波涛上看见石墙。醒时，梦境便残留体内，伴随围绕，迷迷蒙蒙，他总能在风声与海啸间，隐约听到呼唤他真名的声音。他不知道自己如今是睡是醒。痛苦、恐惧与疲惫让他陷入疯狂境地。

“把他们挡在外面，”赤杨哀求，“让我进去，可怜可怜我，放我进去！”

“在这里稍候。”男子一如先前，温柔说道，“那里有张长凳。”指指方向，关上门。

赤杨在石凳上坐下。他记得这件事，也记得有些大约十五岁的年轻男孩在进出大门时，好奇地看着他，但在之后好一段时间内发生的事，他只忆起片段。

守门师父带着手持柔克巫师巫杖、身着斗篷的年轻男子返回，赤杨进了一间房，明白那里是客房，然后召唤师父来了，试图与赤杨说话，但他当时已不能言语。睡眠与清醒间，阳光普照的房内与昏暗苍灰山丘间，召唤师父的说话声与墙对面传来的呼唤声间，在生者世界里，他无法思考，无法移动，但在有声音呼唤的苍灰世界，若想往下走几步到墙边，让那些伸出的双手拉着他、抱着他，却如此轻易。如果加入其中，或许他们就会放过他，他想。

然后，记忆里，阳光普照的房间完全消失，而他站在苍灰山丘上，身旁站着柔克的召唤师父，一名高大、宽肩、皮肤黝黑的男子，手握一根粗壮的紫杉巫杖，它在昏暗里闪闪发光。

声音停止呼唤，聚集墙边的身影也消失。那些身影走回黑暗，逐渐远离时，赤杨听见遥远的窸窣，与某种啜泣般的声音。

召唤师父走到墙边，双手覆盖其上。

某些石块已松动，甚至有几块掉落在干枯草地。赤杨觉得应该捡起石块，放回，修补石墙，但未这么做。

召唤师父转身面对赤杨，问："谁把你带来的？"

"我妻玫芙蕊。"

“召唤她来。”

赤杨无言以对。终于，他张开口，但说的不是妻子真名，而是通名，他在生界呼唤的名字。他大声说出：“百合……”名字听来不像白色花朵，只是一颗掉落灰尘的碎石。

万籁俱寂。星星在漆黑天空绽放着永恒不变的微弱光芒。赤杨从未在此处抬头看天，认不得这些星辰。

“玫芙蕊！”召唤师父唤道，以浑厚的嗓音念诵出几个太古词语。

赤杨感觉气息离开身体，连站立都困难，但通往朦胧黑暗的漫长山坡上，毫无动静。

然后，有了动静，某种较为明亮的身形开始走上山，缓慢接近。赤杨全身因恐惧及渴望颤抖，悄声道：“哦，我心爱的。”

但靠近的身影太过瘦小，不可能是百合。赤杨看到那是名约十二岁的孩童，无法辨认是男是女，对赤杨或召唤师父漠然无视，也未看向墙对面，只是在墙角坐下。赤杨靠近，低头向下看，看到孩子正攀抓石块，想拉松一颗石子，又一颗。

召唤师父正呢喃太古语。孩子无动于衷地抬头瞥了一眼，继续以似乎软弱无力的细瘦手指拉扯石块。

这一幕在赤杨眼中如此可怕，令他头晕目眩，试图转身离开，之后便毫无记忆，直到在阳光充足的房间苏醒，躺在床上，全身虚弱，病恹恹而冰冷。

有人来照顾赤杨，打扫客房，态度疏远的微笑妇人，还有一名与守门师父一同前来，褐色皮肤的矮壮老人。赤杨原以为是治疗术师，看见橄榄木巫杖，才明白是药草师父，柔克学院的治疗大师。

药草师父带来安慰，更赐予赤杨安睡。他煮了一壶草药茶，要赤杨喝下，点起缓缓燃烧的草药，散发松林里深色泥土的气味。师父坐在附近，开始一段冗长、轻柔的念诵。“我不能睡。”赤杨抗辩，感觉睡眠像黑暗潮汐席卷。药草师父温暖的手覆盖赤杨手背，予赤杨宁静，令他毫无恐惧地进入安眠。只要治疗师的手覆盖他，或按着他的肩膀，便能让他远离黑暗的山坡和石墙。

醒后，赤杨进食少许，药草师父很快又端来一壶微温、淡味的草药茶，点起散发泥土香气的烟雾，以语调平板的念诵、手的碰触，让赤杨歇息。

药草师父在学院里有应尽职责，因此每夜只能陪伴赤杨几小时。赤杨在三晚内便获得足够休息，终于能在白天饮食，在城镇附近四处走走，理智地思考交谈。第四天早晨，药草师父、守门师父与召唤师父进入赤杨房间。

赤杨心怀恐惧甚至质疑，对召唤师父鞠躬。药草师父是伟大法师，法艺与赤杨自身技艺略为相似，因此两人心灵能相通，师父的手更代表极大慈悲。然而，召唤师父的法艺与肉体实物无关，针对的是灵魂、思想与意志、鬼魂以及含意。此法艺诡谲危险，充满危机与威胁，召唤师父甚至能离开肉体，到石墙边界，站在赤杨身旁。他为赤杨重新带回黑暗与恐惧感。

三位法师起先均一语不发。如果说三人有任何共通点，即是忍受沉默的能力。

因此赤杨先开口，试图打从心底说出真话——除此别无他法。

“如果是因为我做错了什么，才让我——让妻子领着我抑或其他灵魂——去到那地方，如果我可以弥补或解除所做的一切，我愿意。但我不知道自己做了什么。”

“或不知道你自己是什么样的人。”召唤师父道。

赤杨哑口无言。

“少有人能知道自己是谁，或是什么。”守门师父说，“我们仅能恍惚一瞥。”

“告诉我们，你第一次是如何去石墙的？”召唤师父问。

赤杨复述。

法师沉默倾听，在赤杨说完后，良久没有回应，然后召唤师父问：“你曾想过，跨越那道墙意味什么吗？”

“我知道将无法回头。”

“只有法师在最必要时，才能以生者之身跨越那道墙。药草师父或许会与痛苦患者一路去墙边，但若病人已跨越那墙，便不会尾随而去。”

召唤师父身材如此高大壮硕，加上皮肤黝黑，令赤杨看他时，便联想到一头熊。

“若有必要，我的召唤技艺让我们有力量将亡者从墙对面暂时唤回，但我质疑有何必要，值得如此严重地打破世界法则与平衡。我从未施过这法咒，自己也未跨越那道墙。大法师跨过了，带着王，好医治名叫喀布的巫师造成的世界伤口。”

“而大法师没有回来，当时的召唤师父索理安进入旱域寻找大法师踪影，”药草师父说，“索理安回来了，但整个人都变了。”

“这件事无须提起。”召唤师父说。

“也许需要，”药草师父说，“也许赤杨需要知道这件事。我想，索理安对自身力量过度自负。他在那里留太久了，以为可以将自己唤回生界，但回来的只有他的技艺、他的力量、他的野心——他的求生意志，但于此之中，却没有真正的生命。但我们依然信任他，因为我们挚爱他，于是他蚕食我们，直到伊芮安摧毁他。”

远离柔克，在弓忒岛上，赤杨的聆听者打断话语。“你刚说什么名字？”雀鹰问。

“师父说是伊芮安。”

“你认得这名字吗？”

“不认得，大人。”

“我也不认得。”一阵静默后，雀鹰轻声续道，仿佛不甚情愿，“但我在那里看到了索理安，在旱域。他甘冒危险前来寻我。看到他在那里，我无比心痛。我告诉他，他可以跨越墙回去。”雀鹰脸色变得深沉、严肃，“我说了不当的话。在生者与亡者间，所有言谈都不恰当，但我也曾挚爱他。”

两人在静默中坐着。雀鹰突然站起，伸展双臂，按摩大腿。两人一起活动活动筋骨。赤杨从井里打起点水来喝；雀鹰拿出铁锹与待换装的新手把，开始打磨橡木棍，修细要插入凹槽的一端。

雀鹰说："赤杨，继续说。"因此赤杨继续说故事。

药草师父提起索理安后，另两位师父沉默了一会儿。赤杨鼓起勇气，询问长久以来一直挂记心头的事：死者如何到达那道墙，法师又如何抵达那里。

召唤师父立即回答："灵魂的旅程。"

老治疗师则比较迟疑："跨越墙的，不是肉体，因为往生者的肉体会留在此处。如果法师出窍去到那儿，沉睡的肉体也还是在这里，活着，所以我们称之为'旅人'……我们将离开肉体启程的部分称为灵魂、精神。"

"但我妻子握住了我的手。"赤杨说，无法再次提起百合吻了他的唇，"我感受到她的碰触。"

"在你看来如此。"召唤师父说道。

"若他们实体接触，形成某种联结，"药草师父对召唤师父说，"或许正因为此，所以其余亡者能去他身边，呼唤他，甚或碰触他？"

"所以他必须抗拒。"召唤师父瞥了赤杨一眼，说道。召唤师父眼睛细小，眼神炙热。

赤杨觉得这是不公平的指控，说：“我曾试着抗拒，大人，我试过了，但他们人数众多……而百合是其中之一……他们正在受苦，对我呼唤。”

“他们不可能受苦。”召唤师父说，“死亡终结一切痛苦。”

“也许痛苦的虚影亦是痛苦。”药草师父说，“位于那片大地上的高山，名字正是‘苦楚’。”

截至目前，守门师父几乎完全没开口。他以平静和善的口吻说：“赤杨是修复者，不是破坏者。我想他不会截断那道联结。”

“如果是他造的，他就能断得了。”召唤师父说道。

“是他造的吗？”

“我没有如此技艺，大人。”赤杨辩驳。众师父言及的内容令他如此害怕，引出他的愤怒回应。

“那我必须到他们之间去。”召唤师父说道。

“吾友，不可。”守门师父说。老药草师父道：“最不该去的便是你。”

“但这是我的技艺。”

“也是我们的技艺。”

“那该谁去？”

守门师父说：“赤杨似乎能当向导。他来寻求协助，或许正可协助我们。让我们跟着一同进入他的幻界……到石墙边，但不跨越。”

当晚深夜，赤杨畏惧地让睡意征服自己，发现自己再度站在灰丘上，其余人同在；药草师父是冰冷空气中的一股温暖，守门师父一如星光虚幻，银光闪闪，还有壮硕的召唤师父，宛如黑熊，拥有黑暗的力量。

这次他们并非站在朝向黑暗下倾的山地，而是在附近山坡，抬头看着山顶。这一部分的墙顺着山顶而建，甚矮，勉强过膝。寒星点点的夜空完全漆黑。

毫无动静。

爬坡走到墙边会很困难，赤杨心想。墙以前都在下方。

但如果能去那里，或许百合也会在那里，一如当初。也许能握住她的手，而法师会将她一同带回；或者自己能跨越这么低的围墙，走向她。

赤杨开始朝山坡走去，非常轻松，毫不困难，即将抵达。

“哈芮！”

召唤师父浑厚声音宛如围绕颈项的绳圈，将赤杨唤回。赤杨绊跌了一下，踉跄前行一步，在墙前不远处跪倒，向墙伸出手。赤杨正哭喊："救救我！"对谁呢？对法师，还是墙那头的幻影？

这时有双手按上肩头，活生生的双手，强健温暖，而赤杨也回到自己房中，治疗师的双手实实在在按着他的双肩，伪光在两人周围映照着白光，四名男子在房内相陪，不止三人。

老药草师父陪着赤杨在床边坐下，安抚他一会儿，因他正不断抖索、战栗、啜泣。"我办不到。"他不断重复，但依然不知自己是对着法师或亡者说。

随着恐惧及痛苦逐渐减轻，一股难以抗拒的疲累袭来，赤杨近乎不感兴趣地看着进入房间的男子。男子眼瞳呈冰雪之色，发肤色皆浅白。来自恩瓦或别瑞斯韦，从远方来的北方人，赤杨想。

这名男子向众法师问："朋友，你们在做什么？"

"冒险，阿兹弗。"老药草师父答道。

"形意师父，边界有了麻烦。"召唤师父说。

众人对形意师父简述问题时，赤杨可以感到他们对此人的敬重，以及因他到来而安心。

"如果他愿跟随我，你们愿让他走吗？"陈述完后，形意师父问道，接着转向赤杨，“在心成林里，你无须害怕梦境，而我们也无须害怕你的梦境。”

众人同意。形意师父点点头，消失。师父本人并不在房内。

形意师父不在此处，来的只是个传象、呈象。那是赤杨首度见识师父展现伟大力量，而若非已经历惊奇与恐惧，这必定会让赤杨惴惴不安。

赤杨跟随守门师父进入黑夜，穿过街道，经过学院围墙，横越高大圆丘下的田野，沿着在两岸黑影中轻声低唱潺潺水歌的河流。眼前是座高耸森林，树梢冠着银灰星光。

形意师父在小径上迎接两人，外表与在房内时别无二致。他与守门师父交谈一会儿，之后赤杨跟随他进入心成林。

“树间很黑，”赤杨对雀鹰说道，“但树下却一点不黑。那里有某种光……某种轻盈。”

听者点点头，略略微笑。

“我一到那儿，便知可以安睡。感觉自己之前好像一直睡在邪恶梦境中，而在那里，我真正苏醒，所以能真正安眠。师父带我去到某处，在巨树树根间，层层叠叠的落叶让地面柔软，他告诉我，可以躺在那里。我躺下，睡着。我无法对您形容，那睡眠是多么甜蜜。”

中午阳光愈渐强烈，两人进屋，主人摆出面包、乳酪和一点干肉。趁着两人进食，赤杨四处观望。屋内虽只有一间长形房间，里面有个面西凹室，但空间宽敞、阴凉，结构稳固，有宽幅木板与横梁、闪闪发光的地板及深邃石壁炉。“这是间尊贵的房子。”赤杨说。

“是栋老房子。人称‘老法师之家’。不是指我，也不是曾住在这里的吾师艾哈耳，而是他师父赫雷，他们两人一起阻止了一场大地震。这是间好房子。”

赤杨又在树下睡了一会儿，阳光穿过摇晃叶丛，照耀身上。主人也歇息一阵，但等赤杨苏醒，树下已置一大篮金色李子，雀鹰正在牧地边修补围篱。赤杨前去帮忙，但工作已经完成，只是山羊已老早不见了。

“都没有奶。”两人回到屋里时，雀鹰嘟囔道，“羊儿无所事事，光会找逃出围篱的新法儿。养羊是自找苦吃……我学会的第一个咒文就是把漫游的羊只叫回。姨母教的。如今这咒文对我来说，就像对羊唱情歌一样无用。我最好去看看它们是否跑去鏍夫家菜园了。你的巫术没法把羊迷过来吧？”

两只黄色母羊的确正侵扰村子外围一座包心菜田。赤杨复诵雀鹰教的咒文：

纳罕莫曼，

霍汉默汉！

羊群带着机警的不屑凝视赤杨，略略离开。大喊及棍子逼着羊儿出了包心菜田，上小径，而雀鹰等在那里，从口袋里拿出几颗李子。靠着承诺、礼物、哄劝，他慢慢将这些逃犯带回牧地。

“真是奇怪的动物，”雀鹰说，一面关起栅门，“你永远不知该如何面对山羊。”

赤杨正想，他永远不知道该怎么面对他的主人，却没说出口。

两人再度坐在阴影下，雀鹰说：“形意师父不是北方人，是卡耳格人。像我妻一样。他是卡瑞构岛战士，是我认识的人中唯一从那片大陆来到柔克的人。卡耳格人没有巫师，他们不信任任何巫术，但比我们保留了更多大地太古之力的知识。形意师父阿兹弗还年轻时，听到某些心成林的传言，察觉到所有大地的力量中心必定在那里。于是他离开他的神祇和母语，来到柔克。他站在柔克门口，说道，‘教导我如何住在森林里！’而我们开始教导他，直到他开始教导我们……于是他成为形意师父。他不是个温柔的男子，但很值得信任。”

“我永远不会怕他，”赤杨道，“跟他在一起很自在。他会带我深入大林。”

两人均沉默，想着森林中草地、一排排树木、叶片间的阳光与星光。

“那是世界的心脏。”赤杨道。

雀鹰向东望去，看着因树木密生而暗黑的弓忒山山坡。“秋天来临时，我会去那里，去森林里散步。”

一会儿后，雀鹰接道：“告诉我，形意师父给了什么建议，还有他为何派你来找我。”

“师父说，大人，您比世界上任何人更了解……旱域。因此或许您会明白，那里的灵魂前来寻我，乞求我给予自由一事，有何含意。”

“师父可曾说到，他认为是如何发生的吗？”

“是的。他说，或许我妻子跟我不知该如何分离，只知如何结合，因此这非我一人的作为，或许该是我们两人的，因为我们相互吸引，像水银一样。但召唤师父不同意，说只有伟大法力能如此违背世上至律，因我过去的师父塘鹅也越过墙，碰触到我，召唤师父便说，也许塘鹅在生时隐藏或伪装了拥有的法力，但如今则完全暴露呈现。”

雀鹰沉吟一会儿：“我还住柔克时，看法可能与召唤师父相同。当时我未曾见识过任何力量可能比我们所谓的法术更强大，我当时以为，连大地太古之力都无法超越……如果你遇见的召唤师父是我所想的那人，那他还稚幼时，便已来柔克。我的老友，易飞墟岛的费蕖，将他送来学院研习，而他也从未离开学院。这正是他与形意师父阿兹弗不同之处。阿兹弗从战士之子成长为战士，一直居处在男女之间，活在丰富的人生中。学院围墙阻隔的世事，他曾以血肉领会。他知道男女相爱、结合、结婚……我这十五年来，一直住在学院围墙外，因此认为阿兹弗的解读可能较佳。你与妻子之间的羁绊，比生死分隔更为强烈。”

赤杨迟疑片刻：“我想过可能是这样，但这么想，好像显得很……恬不知耻。我们相爱的程度胜过言语，但我们的爱比前人的更为强烈吗？难道比莫瑞德与叶芙阮的爱更深？”

“也许两者相仿。”

“怎么可能？”

雀鹰以宛如致敬的神情看赤杨，回答时的小心翼翼亦让他倍感殊荣。“这个嘛……”雀鹰缓缓说道，“有些激情在厄运或死亡中，达到鼎盛春天，而正因在最美一刻终结，因此乐师歌颂、诗人吟咏。一份逃离年月消磨的爱情，那就是少王与叶芙阮的爱，也是你的爱。哈芮，你的爱情虽不比莫瑞德的爱情伟大，但他的难道就比你的伟大吗？”

赤杨一语不发，沉思推敲。

“绝对的事物，没有伟大或渺小之别。”雀鹰说道，“全有或全无，真正的爱人如是说，而这正是真实的一面。爱人说，我的爱永垂不朽，爱人提出永恒承诺。一点没错。爱情本身就是生命时，怎么可能死去呢？我们怎能体悟永恒，除了在接受这道羁绊时所见的匆匆一瞥？”

雀鹰语调低柔，却充满炙炎与力量，然后他身子后倾，半晌后带着些许微笑说：“每座农场上的傻小子都会唱，每个梦想爱情的年轻少女都知道，但这不是柔克师父熟知的事物。形意师父或许在年少时便已知晓，我则是晚学。很晚，但还不算太晚。”他看着赤杨，眼中依然有着火花，挑战地说道，“你曾拥有。”

“是的。”赤杨深吸一口气，终于，他说，“也许两人在那片黑暗大地上终于重逢，莫瑞德与叶芙阮。”

“不。”雀鹰带着冷硬的确信说道。

“但如果这份羁绊如此真诚，有什么能打破？”

“那里没有情人。”

“那他们在那片大地上是什么，做什么？您去过那里，跨越那道墙，您曾经与他们同行，交谈。告诉我！”

“我会。”但雀鹰良久未发话。“我不喜欢回想那一切。”他揉揉头，皱眉，“你看见了……你看到那些星辰，微小、吝啬的星光，从不移动。没有月亮，没有日出……如果你走下山，会发现有道路。道路与城市。山顶上有野草，枯死的野草，但再往下就只剩灰尘与岩石，寸草不生。黑暗的城市。无数死者站在街上，或走在没有目的地的道路上。他们不说话，他们不碰触。他们永远不碰触。”雀鹰语调低沉、干涩，“在那里，莫瑞德会与叶芙阮擦肩而过却不回头，叶芙阮也不会看着莫瑞德……那里没有重逢，哈芮，没有羁绊。在那里，母亲不会拥抱孩子。”

“但妻子前来找我，”赤杨说，“喊了我的名字，吻了我的唇！”

“是的，而既然你的爱不比任何凡人的爱更伟大，且既然你跟百合都不是伟大巫师，拥有的力量无法改变生死定律，所以，所以这整件事必定有其他因素。某件事正在发生，正在改变。虽然透过你而发生，也影响了你，但你只是其道具，而非缘由。”

雀鹰站起身，大步走向悬崖边小径，然后再度回到赤杨身边。他全身涨满紧绷精力，几乎颤抖，宛如即将朝猎物俯冲直下的猎鹰。

“你以真名呼唤妻子时，她不是对你说，那已经不再是她的真名了……”

“是的。”赤杨低声答道。

“但怎会如此？人皆有真名，且会一直保有至死，遗忘的是通名……我可以告诉你，这对智者来说是个谜团，但就我们所能理解，真名来自真语，只有拥有天赋的人能知晓并赐予孩童真名，而真名会束缚那人……无论是生是死。召唤技艺便立基于此……但师父以真名召唤你妻前来时，她没出现在师父面前；你以通名百合呼唤，她却出现。她是否因为你是真正知晓她的人，方才出现？”

雀鹰锐利凝视赤杨，仿佛所见事物不仅是身旁男子。一会儿后，他续道："业师艾哈耳去世时，我妻与他同在，而他临死前说道，变了，一切都变了。他看着墙的另一端。我不知道是从哪一端开始。

"自那时起，的确出现改变……王端坐莫瑞德王座上，而且没有了柔克大法师。但不只这些，还有更多。我看到一名孩童召唤至寿者凯拉辛，而凯拉辛来到她面前，称她为女儿，像我一样。这是什么意思？有人见到龙族出现在西方岛屿上空，是什么意思？王派了艘船到弓忒港，来找我们，请小女恬哈弩前去商谈龙的事宜。人民畏惧古老约定已毁，龙族会像厄瑞亚拜与欧姆安霸对战前一般，前来焚烧田野城镇，而如今在生死边界，一个灵魂拒绝真名束缚……我不了解。我知道的只是改变，一切都在改变。"

雀鹰语调中没有畏惧，只有激烈狂喜。

赤杨未有同感。他已丧失太多，也为对抗无法控制或了解的力量耗尽精神。但他的心因雀鹰的勇武而振奋。

"愿是好的转变，大人。"赤杨道。

"但愿，"老人说，"但改变无法避免。"

随着热气自白昼消失，雀鹰说必须去村内一趟。他提着一篮李子，里面还塞了窝鸡蛋。

赤杨走在雀鹰身边，两人交谈。赤杨明白雀鹰必须以小农场生产的果物、鸡蛋等作物交换大麦粉与小麦粉，屋里燃烧的柴火是自森林耐心捡拾而来，而山羊不产奶意味去年存放的乳酪得省吃俭用，他感到惊讶无比，地海大法师怎么可能为生活如此操劳？难道人民都不尊崇他吗？

赤杨陪同雀鹰进村，看到妇人一见老人前来，便关起房门，收取鸡蛋水果的市场小贩一语不发地在木板上记录，神色沉郁，眼光低垂。雀鹰愉快地对小贩说道："依弟，愿你有美好的一天。"却未获回应。

"大人，"两人走回家时，赤杨问，"他们知道您是谁吗？"

"不知道，"前大法师带着嘲讽的斜瞥说，"也知道。"

"但是……"赤杨不知该如何表达自己的气愤。

"他们知道我没有法术力量，但我有某些怪异。他们知道我跟异国人同住，一名卡耳格女人。他们知道我们称为女儿的孩子有点像女巫，但更糟，因为她的脸、手都遭火焰燃烧殆尽，而且她亲自烧死了锐亚白领主，或将领主推下山崖，用邪眼杀死领主……故事版本不一。但他们尊崇我们所住的房子，因为那曾是艾哈耳与赫雷的房子。去世的巫师都是好巫师……赤杨，你是城市人，来自莫瑞德王国的岛屿。弓忒岛上的村庄，则是另一回事。”

“但您为什么留在这里，大人？王一定会赋予您同等的荣耀……”

“我不要荣耀。”老人道，语调带着令赤杨完全噤声的暴戾。

两人继续前行。来到建在悬崖边缘的房子时，雀鹰再度开口：“这是我的鹰巢。”

晚餐时，两人喝了杯红酒，坐在屋外看夕阳落下时又喝了一杯，未多交谈。对夜晚的恐惧、对梦境的恐惧，正潜入赤杨心中。

“我不是治疗师，”屋主说道，“但或许我能效仿药草师父让你入睡的方法。”

赤杨的眼神带着疑问。

“我一直在考虑这个问题，我觉得，或许让你远离山坡的并非咒语，而是活生生的手的碰触。如果愿意，我们可以试试看。”

赤杨抗议，但雀鹰道：“反正我大半个夜里经常也是醒着。”当晚，客人躺在大房间角落的矮床上，主人坐在身边，看着火光打盹儿。

主人也看着赤杨，看着他终于入睡，不久后，看到他在睡眠中惊动、颤抖。主人伸出手，放在半转身背对自己的赤杨肩上。睡着的男子略动了动，叹口气，放松身体，继续沉睡。

雀鹰满意地发现自己至少能做到这一步。跟巫师一样行，他些许嘲讽地自语。

雀鹰毫无睡意，紧绷情绪依然存留体内。他思考赤杨说的一切，还有两人午后谈论的内容。他看见赤杨站在花椰菜田边小径上，念着召唤山羊的咒语，山羊对那些毫无力量的文字高傲而不屑一顾。他忆起自己曾如何念诵雀鹰、泽鹰、灰鹰的真名，招来鹰群，一团飞羽自天空而下，以铁爪攀抓他手臂，盯视，愤怒的眼神、金色的眼……他再也无法如此。他可以夸耀，将房子称为鹰巢，但他没有翅膀。

而恬哈弩有。她能以龙的双翼飞翔。

炉火熄灭。雀鹰将羊皮被拉得更紧，将头向后倚靠墙壁，依然把手放在赤杨毫无动静的温暖肩头。他喜欢这人，也同情他的遭遇。

明天得记得请赤杨修补绿水壶。

墙边的草既短，又硬，又枯，没有一丝风使之摆动或窸窣。

雀鹰一惊而醒，自椅上半站起，昏乱半刻后，将手放回赤杨肩头，略略抓紧，低道："哈芮！离开，哈芮！"赤杨颤抖，放松，再度叹口气，转身俯趴，又毫无动静。

雀鹰端坐，手放在入睡者的手臂上。自己是如何去到石墙边的？他已再无前去的力量，也无法找到方向。如同前晚，赤杨的梦境或幻界、赤杨旅行的灵魂，将他带领到黑暗之地的边界。

雀鹰如今完全清醒，坐着，看西向窗户一块灰白，满布星辰。

墙下的草……在山坡往下，至昏暗的旱土，寸草不生。他对赤杨说过，那里只有灰尘，只有岩石。他看到黑尘、黑岩、从未有河水流过的死寂河床。没有生物，没有鸟，没有躲藏的田鼠，没有小昆虫闪耀嗡鸣，没有那些太阳下的生物。只有死者，空虚眼神及沉默脸庞。

但鸟难道不会死吗？

老鼠、蚋蚊、羊……那头褐白色，角蹄优雅，黄色大眼，毫无羞耻心的山羊，曾是恬哈弩宠物的希皮，去年冬天以高寿逝世……希皮去了哪儿？

不在旱域，不在黑暗之地。希皮死了，但不在那里，而在自己所属之地，在泥土里，在阳光里，在风里，它是河水自岩石流泻的一跃，是太阳的金黄眼睛。

那为什么，那为什么……

雀鹰看着赤杨修复水壶，水壶有圆胖肚子、玉翠颜色，曾是恬娜最爱，好多年前她一路从橡木农庄带来。有天他将壶自柜上拿下时，失手滑落了。他捡起两大块碎片，并将其余小碎片重新黏起，心想虽再无用途，至少能够作装饰。每当他看到篮子里的碎片，便对自己的粗心大意愤怒不已。

如今雀鹰着迷不已地看着赤杨的双手。纤细、强壮、灵巧、不疾不徐，捧着水壶的形状，轻抚、拼凑、安放陶器碎片，催促、抚弄，大拇指诱劝引导小碎片拼回原状、结合、安抚。工作时，赤杨喃喃共有两词、毫无曲调的经诵。格得知道那是古语字词，虽不明其意。赤杨表情宁和，压力与哀伤消逝无踪，一张脸如此沉浸在时间和工作中，跨越时空的宁静显露无遗。

赤杨的手自水壶移开，像绽放的花朵外苞般开展。水壶完整地站在橡木桌上。

赤杨望着，静默而满意。

格得道谢时，赤杨说："一点不麻烦。裂痕很干净。做得很好，陶土品质也很好。那些粗制滥造的器皿才难修复。"

"我想到能如何让你安睡了。"格得道。

天光一现，赤杨便苏醒起身，好让主人能上床休息，睡到天大亮，但这显然不是长久之计。

"跟我一起来。"老人说。两人朝着内陆，行于小径，沿着山羊牧地，穿过矮丘、半荒芜的小块农地与森林。对赤杨而言，弓忒看起来很荒僻，地形粗犷，肆意起伏，崎岖的大山永远在上方皱眉、俯瞰。

"我觉得，"两人行走时，雀鹰一面说道，"如果我能像药草师父那样，只将手放在你身上，就能使你远离墙边山上，那么可能还有别的东西能帮助你。如果你不介意动物。"

"动物？"

"因为……"雀鹰开始说，但中途停止，被小径上跳跃而来的奇异生物打断。它全身包裹裙子、披肩，羽毛四散插在发上，还穿着高筒皮靴。"喔，鹰爷！喔，鹰爷！"它大喊。

"石南，你好啊。慢点。"雀鹰道。女人停下来，摇晃身体，满头羽毛摆动，脸上大展笑容。“她知道你要来！”石南放声大喊，“她用手指比出老鹰嘴，像这样，你看，她就这样，然后她用手叫我去，去！她知道你就要来了！”

“我是来了。”

“看我们？”

“来看你。石南，这是赤杨大爷。”

“赤杨爷。”石南悄声道，突然安静，察觉赤杨存在。她后退一步，整个人缩成一团，看着自己的脚。

女子穿的其实不是高筒皮靴。光裸双腿从膝盖以下包裹着一层光滑且正逐渐干硬的暗褐色泥浆，裙子则皱挤成一团，塞在腰带里。

“石南，你去抓青蛙了，是不是啊？”

女子呆滞地点点头。

“我去跟阿姨说。”她说，起先只如耳语，最后以一声大吼作结，冲回来时方向。

“她有一副好心肠，”雀鹰说，“以前帮我妻子做事，如今则跟我们的女巫住在一起，帮女巫做活。我想你不会反对进女巫屋内吧？”

“绝对不会，大人。”

“许多人会。从贵族到平民，巫师到术士皆有。”

“我妻子百合便是名女巫。”

雀鹰低头，沉静前行片刻：“赤杨，她是怎么知道自己有天赋的？”

“她的能力与生俱来。她还年幼时，就能让断裂树枝再度接回树干，别的小孩也会带损坏玩具给她修补，但她父亲看到她这么做，就会打她双手。她家族在镇上颇有名望，是有头有脸的人物。”赤杨以平和温柔的嗓音说道，“他们不愿让她与女巫来往，因为门第相当的家族不会接受这样的新妇，所以她只能自学。而即便主动求教，镇上女巫也不愿与她有所牵扯，因为害怕她父亲。而后，一名富有男子前来求爱，就如我先前说的，大人，她很美丽，超过言辞所能描绘，而她父亲告诉她，她必须结婚。当晚她便逃出家门，此后几年独自生活，在岛上流浪，几个女巫收留过她，但她靠自己的法艺自立更生。”

“道恩岛不是个大岛。”

“她父亲拒绝寻她，他说没有这种流浪女巫女儿。”

雀鹰再次低下头：“所以她听说你的事，然后前来寻你。”

“但她教给我的，超过我能教她的。”赤杨认真地说，“她有极大的天赋。”

“我相信这点。”

两人来到一间窝在小山谷里的小屋前，或许该说是一间大茅舍。四周纠结，蔓生金缕梅及金雀花，屋顶上站着一头山羊，附近一群毛色黑白夹杂的母鸡咯咯叫。一只慵懒的小母牧羊犬站起身打算吠叫，想了想后改变主意，转而摇摇尾巴。

雀鹰走到低矮门前，俯身探头进屋：“阿姨，原来你在那儿！我带了客人来找你。赤杨，来自道恩岛的术法之子。法艺是修补，我可以保证，他在这方面可是大师，我刚看他修好恬娜的绿水壶，你知道，就是我这个粗手粗脚的老笨蛋，那天手一滑摔掉的那只壶。”

雀鹰进入茅屋，赤杨尾随。一名老妇坐在门口旁堆满软垫的椅上，好看到屋外阳光。羽毛散乱插在她稀疏白发上，一只花斑鸡则窝在她腿上。老妇给了雀鹰一个迷人的甜美微笑，对访客礼貌地点点头。母鸡醒过来，嘎嘎两声，跳下离开。

“这是蘑丝，”雀鹰说，“是拥有极多技能的女巫，其中最棒的就是善良。”

柔克大法师应当也会如此对贵妇介绍一名伟大法师，赤杨心中揣想。赤杨弯身鞠躬，老妇点了下头，笑了两声。

老妇用左手比出个圈圈，询问地看着雀鹰。

“恬娜？恬哈弩？”雀鹰问道，“就我所知，她们还在黑弗诺跟王在一起。她们在那里会玩得很开心，可以在大城及王宫里四处看看走走。”

“我帮大家编了王冠！”石南大喊，从气味浓重、漆黑杂乱的屋里深处蹦蹦跳跳出现，“像王与王后一样。像这样？”她得意地拍抚乱插在浓密头发中的羽毛。蘑丝阿姨终于发现自己的奇特发饰，无力地以左手拍打羽毛，做了个鬼脸。

“王冠很重的。”雀鹰温柔地从稀疏发上一根根捻起羽毛。

“鹰爷，王后是谁？”石南大喊，“王后是谁？白南是王，王后是谁？”

“石南，黎白南王没有王后。”

“为什么没有？他该要有。为什么没有？”

“也许他还在找。”

“他会娶恬哈弩！”女子高兴尖叫，“他会！”

赤杨看着雀鹰神情大变，封闭起来，变得如岩石般。

雀鹰只说："我想他不会。"他握着从蘑丝发上摘下的羽毛，温柔抚摩，"蘑丝阿姨，我又来请你帮忙了。"

蘑丝伸出行动自由的一只手，握住雀鹰的手，动作中的温柔感动赤杨内心深处。

"我想借一只你的小狗。"

蘑丝显出难过表情。身旁大张着口、表情痴呆的石南迷惘思索片刻后，大喊："小狗！蘑丝阿姨，小狗！可是都没了！"

老妇点点头，显出寂寥神情，拍抚雀鹰晒黑的手。

"有人要养它们吗？"

"最大的逃了出去也许跑到了森林里然后有动物杀死它结果就不见了后来老烂伯，他跑来说他需要牧羊犬所以他两只都要带去训练然后阿姨就给了他小狗因为它们会追雪花孵出来的小鸡，而且它们都在房子和家里外面吃饭。"

"这样啊，那漫伯可得花点心思训练了。"雀鹰半微笑地说道，"我很高兴他能养小狗，但很遗憾狗儿不在了，因为我想跟你借一只，借一两晚。小狗之前一直睡在你床上，对不对，蘑丝？"

蘑丝点点头，依然很难过，然后表情略为开朗，抬头，朝旁边喵了两声。

`雀鹰迷惘地眨眨眼，但石南了解。“喔！小猫咪！”她喊，“小灰生了四只，结果我们还来不及阻止老黑就杀了一只，但这里还有两三只，现在小狗不在了，它们每天晚上都跟阿姨还有必弟睡。咪咪！咪咪！咪咪！你们在哪儿，咪咪，咪咪？”

漆黑内室传出许多嘈杂、慌乱声响，以及刺耳猫叫声后，石南再度出现，手中抓着一只不断挣扎尖叫的小灰猫。“这里有一只！”她大喊，将小猫丢给雀鹰。雀鹰笨拙地抓住，猫咪立刻咬了他一口。

“乖乖，乖乖。”雀鹰告诉小猫，“冷静。”猫咪发出一阵如雷声般隆隆作响的细小怒吼，想再咬一口。蘑丝比了个手势，雀鹰将小猫放在蘑丝膝头。她以迟缓沉重的手势抚摩小猫，小猫立刻瘫成一片，伸个懒腰，抬头看看她，发出呼噜噜声。

“我能借去一阵子吗？”

老女巫从猫咪身上尊贵地抬起手，明显表示，这是你的了，不用客气。

“因为赤杨大爷会做噩梦，我想晚上有只动物陪他，可能有助于舒缓问题。”

蘑丝严肃地点点头，抬头看着赤杨，将一只手滑入小猫身下，递出小猫。赤杨僵硬地接过小猫。它没怒吼或抓咬，而是直接跑上赤杨手臂，窝入赤杨颈边，藏在后颈松松绑起的发束下。

两人走回老法师之屋，小猫窝在赤杨衬衫里。雀鹰解释：“我刚开始接触法艺时，有一次有人请我医治患了红热的小孩。我知道那男孩已在弥留之际，但就是无法放手。我试着跟随，好把男孩带回来，从石墙那端……所以，我留在这里的躯体瘫软在床边，也像死了一般。那里有名女巫，猜到发生什么事，把我带回屋里，放在床上。在家中，我有一只小动物，在我还是男孩时，在柔克与我为友，原本野生，后来自愿前来找我，待在我身旁。一只瓯塔客。你知道这种动物吗？我想北方没有。”

赤杨迟疑一会儿，说：“我只知道行谊里曾说……说法师到了欧司可岛上的铁若能宫，瓯塔客试着警告法师，有个尸偶尾随他身旁。法师挣脱尸偶的掌控，但那小动物被尸偶抓到、杀死。”

雀鹰走了二十几步，没有说话。“没错，就是这样。我自己的愚蠢让我困在墙的另一边，躯体躺在这里，灵魂迷失在那里时，瓯塔客也救过我的命。它来到我身边，舔洗我，就像舔洗自己与幼仔一样，像猫一样，干干的舌头，很有耐心地碰触我，用碰触将我带回，将我带回肉体。那只动物赐给我的礼物不只是生命，更是一种与我在柔克所修习到的同等重要的知识……但你看，我已忘却所有修习过的知识。

“我将之称为知识，但也是一个谜团。我们与动物有何差异？语言吗？所有动物都有沟通的方式，会说‘来’‘小心’，还有很多事情，但不会说故事，不会说谎。而我们会……

“但龙会说话。龙说真语，说创生语，其中没有谎言，若说故事，便是令其成真！我们却将龙称为动物……

“所以，也许差别不在语言。也许是因动物不会为善或为恶，依照天性而行。我们会说动物的行为‘有害’或‘有益’，但善与恶属于我们，因为人类能选择自身行为。龙很危险，没错；龙会危害，没错，但并不邪恶。龙就像动物一样，及不上我们的道德标准——如果真要这么说。也可能是超越了我们的标准。龙与我们的道德无关。

“我们必须一再选择。动物只需活着去做便可以了。我们被束缚，而它们是自由的。所以，与一只动物相处，便能对自由有一些了解。昨晚，我想到了，女巫经常有个伴侣，有只驯兽。我阿姨有只从来不吠的老狗，她叫它‘前行’；我第一次去柔克岛时，大法师倪摩尔有只乌鸦，形影不离；而我想到一位年轻女子，她总是戴着一只龙蜥蜴——赫瑞蜥，作为手环。最后，我想到我的瓯塔客。我想，如果赤杨需要碰触的温暖，以留在墙这边，那动物为何不可？动物看得到生命，而非死亡，也许一只狗或猫会跟柔克师父一样行……”

果真如此。小猫咪显然很高兴远离一家子狗、公猫、公鸡，还有难以预料的石南，很努力展现自己是只可靠又勤勉的猫咪，在家中巡逻，查看是否有老鼠。赤杨允许时，它就窝在他肩头，藏在他头发下，他一躺下，便立刻呼噜噜地窝在他下巴底，准备入睡。赤杨彻夜沉睡，没有任何能忆起的梦境，醒来时发现猫咪坐在胸口，恬静地洗着耳朵。

然而，雀鹰试图辨别小猫性别时，它又吼又挣扎。“好吧，随你高兴。”雀鹰说，快速将手抽离危险范围，“赤杨，它不是公的，就是母的，这点我很确定。”

“反正我不会帮小猫起名字。”赤杨说道，“小猫像烛光，说灭就灭。如果命了名，到时会更哀恸。”

那天，在赤杨建议下，两人修补围墙。走在山羊牧地栅栏边，雀鹰在里，赤杨在外，只要发现有块栏板显现腐烂征兆，或是有绑绳扯松的迹象，赤杨便会将手滑过木板，用大拇指压着，用手扯着、顺着、紧握，从喉头及胸口发出一连串半清晰的念诵，神情放松而专注。

雀鹰观看，一度喃喃自语：“我以前居然会将这些视为理所当然！”

沉浸在工作中的赤杨，没询问雀鹰意指什么。

“好了，”赤杨说，“这样就牢了。”两人继续，后面紧紧尾随两头好奇的山羊，对着修补好的栅栏又顶又撞，仿佛想测试是否牢固。

“我在想，”雀鹰说，“你可能该去黑弗诺。”

赤杨惊慌地看着雀鹰。“啊，我以为，或许，如果现在有办法可以远离……那地方……我可以回家，回道恩岛。”赤杨一面说，一面对自己的话语丧失信心。

“你可以这么做，但我想这方法不聪明。”

赤杨很不情愿地说：“要一只小猫保卫一个人免受死者大军的攻击，有点太勉强了。”

“是的。”

“但是我……我在黑弗诺该做什么呢？”接着，他突然带着希望，“您愿跟我一道去吗？”

雀鹰摇了摇头："我留在这里。"

"可是，形意师父……"

"他要你来找我，而我要你去找个该听听你的故事，并找出其中含义的人……我必须说，赤杨，我认为形意师父心中仍相信我还是当年的我。他相信我只是躲在弓忒森林中，仍会在最危急时再度出现。"老人低头，看着汗渍斑斑、修修补补的衣装，灰蒙蒙的鞋，笑道，"神采飞扬地出现。"

"咩——"身后黄羊说道。

"但即便如此，赤杨，师父要你来是对的，因为，如果她没去黑弗诺，就会在这里。"

"恬娜夫人？"

"哈玛·弓登——形意师父自己便如此称呼她。"雀鹰说，隔着栅栏盯视赤杨，眼神深不可测，"弓忒岛上的女人，弓忒女子，恬哈弩。"

第二章

王 宫

PALACES

赤杨到码头时，“远翔”依然停在港边装载木材，但他知道自己早已上了那艘船的黑名单。他走向泊在一旁的破旧沿岸贸易船“美玫瑰”号。

雀鹰给了赤杨通行信，上有王的签名，以和平符文封缄。“黎白南送来，让我改变主意时用。”老人说道，哼了一声，“对你会有用处。”船长要船务长诵读信件，听后态度变得毕恭毕敬，为狭窄舱房与漫长航程致歉。“美玫瑰”的确要前往黑弗诺，但因经营沿岸贸易，停靠各港口，交易物品，可能需花上一个月，才能绕过大岛东南岸，抵达王城。

赤杨表示不在意——这段航程虽令人畏惧，但他更害怕终点。

新月到半月，海上旅程是段宁静时光。小灰猫是耐劳的乘客，每天忙着在船上抓老鼠，但晚上都会忠心地窝在赤杨下巴或他伸手可及之处。这一小团温暖生命便能让他远离石墙与隔墙呼唤的声音，他不断感到诧异。并非完全隔绝，并非能完全遗忘，鬼魅还在彼端，只隔着夜晚睡眠的薄纱，或白昼光芒。暖夜里，睡在甲板上时，赤杨经常睁开眼，看星辰随着停泊船只摇晃、摆荡，眼光随之跨越天际，落在西方旅程。他虽仍受鬼魅逼迫，但这夏日半月以来，沿着坎渤、巴尼斯克岛，以及大岛海岸航行时，他已能转身背向鬼魅。

好几天来，小猫都在猎捕一只几乎跟自己一样大的老鼠。看着小猫骄傲又辛劳地将尸体拖过甲板，一名水手将小猫命名为“小拖”。赤杨接受了这名字。

航过伊拔诺海峡，穿越黑弗诺海湾的峡门，越过金光闪烁的海面，世界中心城市的白塔从遥远迷茫中一点一点显现。船只驶入港口时，赤杨站在船首，在最高塔顶看到一闪银光——是厄瑞亚拜之剑。

如今赤杨希望自己能留在船上继续航行，不用上岸，进入大城，穿梭大人物间，带着要呈交给王的信件。赤杨知道自己不是适当的信差，如此重担为何加在他的身上？如他这般对伟大事物及深奥法艺皆一无所知的村野术士，怎么会中选，航行过一块又一块大陆，从参见法师到参见国王，从生界进入冥界？

早先，赤杨向雀鹰表达过近似心声：“这一切超乎我所能理解。”老人看了赤杨一会儿，以真名称道：“哈芮，世界辽阔，无奇不有，但永远无法超过心智的辽阔及奇异。时不时想想这句话吧。”

城市后方，天色因内陆一场暴雨而转阴暗紫黑，更映衬高塔白得刺眼。海鸥翱翔于上，宛如飞飘星火。

“美玫瑰”下锚，搭上桥板。赤杨背着包袱下船，水手祝他好运。拾起原本用来装母鸡的有盖提篮——小拖耐心蹲在提篮中——赤杨上了岸。

街道复杂拥挤，通往王宫的大路却十分醒目。赤杨不知所措，只能走到王宫，说带着一封雀鹰大法师写给王的信。

说了一遍又一遍。

一个又一个卫兵，一名又一名官员，从王宫外的宽广阶梯，到高挑侧厅，到手把镀金的扶梯，到墙上挂满织锦的内厅办公室；走过瓷砖地、大理石地、橡木地板，经过花格镶嵌、梁木交错、飞檐斗拱、彩绘斑斓的各式天花板，赤杨不断复诵法宝，不愿交出信件："我受命于前任大法师雀鹰，带信给王。"疑神疑鬼、略带无礼、假意示好、虚与委蛇、意图阻碍的守卫、领宾员、朝臣官员，成群结队不断聚集在他身旁，跟随、阻挡他进入王宫的缓慢路程。

突如其来，所有人消失无踪。一道门打开，又在身后合上。

赤杨独自站在安静房内，一扇宽广窗户看向西北方屋顶。乌云离去，欧恩山的宽广灰白山峰漂浮似的出现在遥远山峦之上。

又一扇门开启。一名男子走入，全身黑衣，约与赤杨同龄，行动迅捷，五官英俊、刚毅，脸庞如铜像光滑无瑕。男子直直朝赤杨走来："赤杨大人，我是黎白南。"

黎白南伸出右手，依伊亚岛与英拉德岛上习俗，与赤杨掌心相触。赤杨条件反射地回应了熟知手势，而后才想起，应该屈膝或至少鞠躬，但似乎已来不及这么做。他站着，呆若木鸡。

"你是从吾主雀鹰那里来的？雀鹰大人如何？是否一切安好？"

"是的，陛下。大人要我呈送给您……"赤杨连忙掏出外套里的信件——他原本打算等到让人引进有王端坐宝座上的大殿内，才屈膝呈上——"这封信，陛下。"

黎白南盯视的眼神机警、文雅，如同雀鹰般无与伦比地敏锐，但更善于隐藏心思。王接过赤杨呈交的信件，仪节完美无瑕。“捎来法师任何言辞的人，我都诚心感谢、欢迎。请容我怠慢片刻。”

赤杨终于想起该鞠躬。王走到窗边阅读信件。

黎白南至少读了两次，然后将信重新折起，神情一如先前难以臆测。他走到门边，对门外说两句话，又回到赤杨身边。“请，”王说道，“请跟我同坐。他们会拿些吃的来。我知道你整个下午都在宫中，若门口守卫队长有点头脑，想到送个讯，就可以省了你好些工夫，免于翻爬横渡堆在我身边的这些城墙与壕沟……你住在吾主雀鹰家里吗？位于悬崖边缘的家中吗？”

“是的。”

“我羡慕你。我从未去过那儿。自从半辈子前我们在柔克分别后，就再也没见过面。大人不让我去弓忒找他。”黎白南微笑，仿佛所说一切无足轻重。“我的王国是大人赋予的。”

黎白南一面坐下，一面对赤杨点点头，示意赤杨在小桌对面的椅上就坐。赤杨看着桌面，它以象牙和银镶嵌装饰，镂刻着山梨树的花叶缠绕细致长剑的图纹。

“航程是否顺利？”王问，顺便趁仆人端上冷肉、熏鳟、生菜、奶酪时闲话家常。他开怀大嚼，好让赤杨自在进食，并一边在水晶杯中注入色泽极淡、有如黄玉的酒浆。他举杯：“敬吾主及挚友。”

赤杨喃喃道：“敬他。”然后饮酒。

王谈及几年前造访道恩岛之事——赤杨记得王在梅翁尼引起的骚动；王也谈到某些目前在城内为宫廷演奏的道恩乐师，包括竖琴手与歌手，赤杨可能认识其中数位，王提起的名字的确颇为耳熟。王善于让客人放松自在，食物与酒酿自然也功劳不小。

两人进食完毕，王为二人又注入半杯酒，说：“这封信主要与你有关。你先前知道吗？”语调和先前闲话家常时并无二致，赤杨一时反应不来。

“不知道。”赤杨应道。

“或许知道信的内容与什么有关？”

“也许是我的梦。”赤杨说，声音低微，低头看地。

王端详赤杨片刻，眼神不让人反感，但比大多数人更直率坦然。他拿起信，递给赤杨。

“陛下，我识字不多。”

黎白南毫不讶异——有些术士会阅读，有些不会；但他显然十分后悔让客人感到低人一等，金铜皮肤霎时暗红，说：“对不起，赤杨。我能为你念诵这封信吗？”

“请念吧，陛下。”赤杨说。王的尴尬让赤杨一瞬间自觉与国王平等，于是他首次自然热切地答话。

黎白南浏览过开头敬语与信中数行内容后，大声诵道：

“‘将此信带给你的，是道恩岛的赤杨，在梦中非自愿地受呼唤到你我二人曾一同跨越之地。他会告诉你，在痛苦逝去之所中的一切痛苦，与不变之处中发生的变化。我们关上了喀布打开的门，如今，或许墙本身即将崩塌。赤杨去过柔克，只有阿兹弗听进他的话，我想陛下会依智慧及需求的指引，聆听并行动。赤杨将代我致上对陛下终生的尊崇及服从，亦对恬娜致上我终生的尊崇与惦念，并带个口信给我挚爱女儿恬哈弩。’大人最后以道恩岛符文签名。”黎白南将视线自信纸移开，直视赤杨，擒住赤杨目光。“将你的梦境告诉我。”黎白南道。

赤杨于是再次述说自己的故事。

故事简短，却不甚流畅。虽然赤杨对雀鹰亦充满敬畏，但前大法师从外表、衣着到生活方式，都像个老村民或农夫，与赤杨同类，平起平坐，如此的俭朴缓解了赤杨表面的羞怯；但无论黎白南表现得多和善、有礼，看来依然像王，举止如王，而他正是王，赤杨感觉到难以跨越的距离。赤杨尽快说完，安心停语。

黎白南问了几个问题：百合和塘鹅各碰了赤杨一次，之后便再未碰触？而塘鹅的碰触有灼烧感？

赤杨伸出手。在一个月来晒黑的肤色下，印记几乎完全消失。

“如果靠得更近，墙边的人可能会碰触我。”赤杨道。

“但你离得很远？”

“我是这么做的。”

“而你在人间不认得那些人？”

“有时，我想自己或许识得其中一两个。”

“但令夫人未再出现？”

“陛下，那儿人数众多。有时我觉得我妻在那儿，但看不到。”

谈论此事又让它贴近，过于贴近。赤杨感觉恐惧再度涌上心头，觉得房内四壁可能会消逝，夜空及漂浮的冠形山顶如帘幕般拉起消失，留他一人站在一向伫立之处，在石墙旁的黑暗山坡上。

“赤杨。”

赤杨抬头，心神震荡，头晕目眩。房间似乎无比光亮，王的脸庞刚强而鲜明。

“你愿意留在王宫里吧？”

这是个邀请，但赤杨只能点点头，像接受命令般接受。

“很好。我明天会安排让你将讯息转交恬哈弩女士。女士会希望与你谈话。”

赤杨鞠躬。黎白南转身离去。

“陛下……”

黎白南转过身。

“我能将猫留在身边吗？”

黎白南毫无微笑，但不带嘲讽。“当然可以。”

“陛下，我衷心遗憾带来了让您烦忧的消息。”

“派你前来的人所送的任何词句，对我来说都是恩典，使者亦然。而且，我宁愿从诚实之人口中听到恶讯，也不愿从谄媚阿谀之徒口中听到谎言。”黎白南道，赤杨从这些字句听到家乡岛屿的真正腔调，而略微开朗。

王一离开房间，立刻有人从赤杨进入的门口探头入房：“先生，请随我来，让我带您到房间。”来者年长，仪态尊贵，衣饰精美，赤杨跟在身后，完全不知他是名贵族还是仆人，因而不敢询问小拖的事。进入与王会面的房间之前，官员、守卫与领宾员非常坚持，要赤杨把篮子留给他们看管。之前已经有十到十五个官员怀疑地斜瞄，不满地查验，他也解释了十或十五次，会把猫带着，是因为城里没有寄放处。赤杨必须将篮子放在很远的侧厅，一路走来，没看到那房间，如今更不可能找到，这已是半座王宫之外，满是走廊、大厅、通道、门扇……

向导对赤杨鞠躬，留他一人在窄小华丽、挂满织锦、铺满地毯的房间里；有张椅子，座位上有刺绣；一扇窗户面对港口；一张桌，上面有篮夏季鲜果，有壶水；甚至有只鸡禽篮子。

赤杨打开篮子，小拖悠闲现身，显示出对王宫的熟悉。猫伸个懒腰，嗅嗅赤杨手指当作招呼，开始在房间四处检视。小拖发现幕帘遮挡的凹室，里面有张床，便立即跳上床铺。门上传来谨慎的敲门声，一名年轻人端着又大又平又重的无盖木盒进入，对赤杨鞠躬，低声道：“先生，猫沙。”将盒子放置在凹室中靠墙角落，再度鞠躬，离去。

“跟你说啊……”赤杨说，坐到床上，不惯于与小猫说话，两者关系是沉默、信任的碰触，但赤杨觉得必须说说话，“我今天见到王了。”

在黎白南能上床休息前，有太多人等着与他会谈，其中最重要的便是卡耳格至尊王的使节。他们已达成前来黑弗诺的任务，准备辞行，任务结果虽令他们满意，却非黎白南所乐见。

黎白南原本很期待卡耳格使节造访，因为此举象征多年来的耐心示好、邀请及协商，终于开花结果。他即位的头十年间，与卡耳格人的关系毫无建树，因阿瓦巴斯的神王拒绝缔约与贸易提议，不等使者发言即遣回，声称神绝不与邪恶的凡人谈和，尤其是该死的术士一族。但在神王一贯的神圣帝国宣言之后，并未出现他借以威胁的大批舰队和满载盔羽蔽天的军士，来征服不崇拜真神的西方诸岛；连长久以来侵扰群岛王国东方小岛的海盗劫掠行径，也逐渐消失。海盗成为走私商，从卡瑞构岛偷渡违禁品，与群屿人民交换铁器、钢铁与铜器，因为卡耳格大陆缺乏矿藏及金属资源。

于是，从这些非法商人口中，首先传出至尊王的崛起。

卡耳格大陆中，极东的广大贫穷岛屿胡珥胡上，藩王索尔宣称自己是胡庞索瑞格家系及乌罗大神的后裔，自称胡珥胡至尊王。之后，索尔征服珥尼尼岛，带着以胡珥胡和珥尼尼岛人民组成的舰队及大军，宣告统治富有的中央岛屿卡瑞构。战士朝首都阿瓦巴斯逼近，城中人民群起反抗神王暴政，屠杀高等祭司，将官员自神庙逐出，大开城门，街上旌旗飘扬，人民歌舞，迎入索尔王，继承索瑞格家系王座。

神王带着余党与祭司长逃到峨团陵墓。沙漠中，在因地震而坍塌的累世无名者神殿旁的神庙里，一名阉人祭司割断了神王的咽喉。

索尔宣布自己为卡耳格四岛至高无上的至尊王。黎白南一听说，便派遣使者前去，向友邦之君致意，表达群岛王国的善意。

此后五年，外交过程艰困繁琐。索尔脾气暴戾，王位岌岌可危。神权政治的崩塌令索尔对国家的掌控充满变量，权力统合也遭质疑，藩王不断崛起，必须靠收买或武力强迫藩王服从。各派宗教信徒从神殿及洞穴中涌出，大声疾呼："强者必败！"预言地震、海啸、瘟疫将降在弑神罪人身上。境内动荡不安，国土分裂，索尔自然无法信任富强的群岛民族。

群岛之王再怎么表达善意，挥舞和平之环，对索尔皆毫无意义。卡耳格人不也有权拥有那只环吗？那环出现在远古时的西方，但很久以前，源出胡庞索瑞格家系的王从厄瑞亚拜手上接下礼物，象征卡耳格与赫族友谊。环消失后，只余战争，友谊无存，但鹰法师找到环，偷回，还带走峨团陵墓第一女祭司，带回黑弗诺。群岛民族的信用由此可见一斑。

透过使者，黎白南耐心且礼貌地指出，最初，和平之环是莫瑞德送叶芙阮的礼物，是群岛王国最受爱戴的王及王后珍视的信物，也非常神圣，因环上刻有非常强大的祝福法术：系连符文。大约四世纪前，厄瑞亚拜将环带去卡耳格大陆，承诺牢不可破的和平，但阿瓦巴斯祭司打破承诺，也打破了环。距今四十年前，柔克的雀鹰与峨团的恬娜愈合了环。那么，和平呢？

黎白南带给索尔王的所有信息，都一再强调这点。

大概一个月前，夏季长舞节过后不久，一列舰队直直航过飞克威海峡，进入伊拔诺海峡，穿过黑弗诺湾。修长船身张着红帆，载着头戴羽饰的战士、袍服华贵的使节，还有几名蒙面女子。

“让乌罗后裔，端坐于索瑞格家系王座上的索尔至尊王之女，如索利亚之叶芙阮王后，戴和平之环于臂。此将为西方与东方诸岛和平永结之象征。”

这是至尊王给黎白南的信息，以大大的赫语符文写在卷轴上，但呈给黎白南王前，索尔的大使在使节欢迎会上大声朗诵了信息内容。当时所有王公贵族均在场，以示对卡耳格使者的尊重。大使实际上不识赫语符文，而是依凭记忆，大声缓慢背诵，或许正是这一点，让内容染上最后通牒的气息。

公主一语未发，站在陪同前来黑弗诺的十名侍女或女奴间，四周还围绕一群混乱中分配来照顾并表示尊重的宫廷侍女。公主全身笼罩薄纱，这显然是胡珥胡贵妇的习俗。薄纱颜色鲜红，饰以金线刺绣，从一顶扁缘宽帽或头饰边垂落，令她看来像圆滚的红色柱体，外貌完全无法辨识，毫无动静，完全沉默。

“至尊王索尔赋予我们极大荣耀。”黎白南清晰沉静地说，顿了一顿。朝臣与使节等待。“公主，欢迎您到来。”黎白南对笼覆薄纱的身形说，它纹风不动。

“让公主住进河宫，并悉遵所愿。”黎白南道。

河宫位于城北界，嵌入古城墙内，阳台延伸到赛伦能河细孱河面，是座美丽小城堡，由赫露女王建造，因而常称为“女王之屋”。黎白南继位时，下令将河宫及又名“新宫”的马哈仁安宫重新修复装潢，而今宫廷设在新宫中，河宫只用来举行夏季节庆，有时作为短期数天的静思场所。

朝臣间出现小小骚动。“女王之屋”？

与卡耳格使者寒暄数句后，黎白南离开谒见厅，进入更衣室。在此，他方能享受贵为王者所能拥有的独处时光，身边总算只有自出生便熟识的老仆——老橡。

黎白南将金碧辉煌的卷轴往桌上重重一拍。“捕鼠器中的乳酪，”他全身颤抖，将从不离身的短刃自刀鞘抽出，笔直刺穿至尊王的信息，“铁扦上的烤猪，像件货物。她手臂上的环，就是我颈上的箍。”

老橡不知所措，惊慌呆视黎白南。英拉德的亚刃王子从不发脾气。王子还是个孩子时，可能会哭泣片刻，一声苦涩啜泣，如此而已。他的训练太完美，自我克制力太强，以至于不可能做出泄愤的行为；而身为一国之君，跨越冥界以赢得国土，遇到事情他会变得严肃，但老橡以为他总是太傲，太坚强，不会发怒。

“卡耳格人绝不能利用我！”黎白南说，再次刺下短刃，因怒气而脸色涨黑，神情盲目，让老人真正畏惧而退缩。

黎白南发觉老人在旁——他总会注意到身旁的人。

他将短刃插回刀鞘，以较为平稳的声音道：“老橡，我以真名起誓，绝不允许索尔将我当成登基的垫脚石。我会先摧毁他，以及他的王国。”黎白南深吸一口气坐下，让老橡替他将绣满金线的沉重王袍自肩上脱下。

老橡从未吐露这一幕的只言片语，但当然四周已传言纷纷，讨论卡耳格公主及王将如何安排她……抑或已如何安排。

黎白南未明说接受迎娶公主的提议，但所有人都同意，她是被献来做他妻子，对叶芙阮之环的说法，藏不住背后真正的提议、交易，或威胁。但黎白南也未表拒绝，他的响应（经过种种分析）是欢迎公主前来，让一切遂她所愿，并让她住在河宫——女王之屋。这总该有深意吧？但话说回来，为什么不让公主住在新宫？为什么住在城的另一端？

自黎白南登基，贵族侍女及英拉德、伊亚、虚里丝的古老皇族公主，都前来造访，或留在宫中，受到王最好的款待，而当她们一个个嫁给贵族或富豪时，王都会在婚礼上与之共舞。众所周知，王喜欢女子的陪伴与建议，很乐意与漂亮女孩调情，并邀请聪慧女子提供建议，来调侃或安慰他，但没有一个女孩或女子有半点机会沾上嫁给王的谣言，更从未有人安置在河宫。

他的顾问会定期暗示，王必须有王后。

“亚刃，你真的该结婚了。”黎白南最后一次见到母亲时，她如此说道。

莫瑞德的子嗣，是否会没有子嗣呢？百姓相询。

黎白南对所有人，以不同言语及不同方式说道：给我时间；我必须重建颓圮的王国；让我建立起配得至尊王后的宫殿、我子能统治的领土。而因为黎白南广受爱戴信任，依然年轻，虽态度庄重，却也迷人，因而更具说服力，能逃离所有满怀希望的少女，直到现在。

在严肃的红薄纱下藏着什么？在那个不显露任何特征的纱帐下活着的是什么样的人？被分派做公主随从的侍女饱受询问。公主漂亮吗？丑吗？真的是又高又瘦？又矮又壮？如牛奶般白皙？满脸麻子、独眼？黄发或黑发？四十五岁，还是十岁？是流口水的白痴，或是聪明绝顶的美女？

渐渐地，流言朝一边倒：公主很年轻，但不是孩子，头发非黄亦非黑，有些侍女说她还算漂亮，有人则说她很粗俗。侍女皆说公主半句赫语不会，也不愿学习，躲藏在侍女之间，若不得不离开房间，则躲在薄纱帐下。国王礼节性拜访过一次，公主未鞠躬、说话，或比出任何手势，只是呆站。老依叶纱夫人气急败坏地说：“简直像砖头烟囱！”

黎白南透过遣往卡耳格的使节与赫语说得不错的卡耳格大使与公主交谈，艰辛表达赞美，并询问有无愿望、需求。翻译官与侍女交谈，侍女面纱较薄，较易透视。侍女围绕在毫无动静的红圆柱旁，一阵呢喃嗡谈后，回复翻译官，翻译官再告知国王：公主很满足，没有要求。

恬娜及恬哈弩自弓忒抵达时，公主已住了半个月。在卡耳格船舰带来公主前不久，黎白南派遣船与信函，恳求两人前来，原因虽与公主或索尔王毫无关联，但他一有机会与恬娜独处，便立即冒出："我该拿她怎么办？我能怎么办？"

"全都告诉我。"恬娜道，表情略为惊讶。

虽然这些年来，黎白南与恬娜交换过几封书信，但两人只相处过极短时间。黎白南还不习惯恬娜头发转为灰白，且身形似乎比记忆中更为娇小，但和恬娜在一起，他立刻感到宛如十五年前般，可以对她说任何事，而她都会了解。

"五年来，我努力建立双方贸易管道，试着跟索尔维持良好关系，他是藩王，我不希望我的王国像马哈仁安时代一样，夹在西方龙族与东方藩王间；更因我以和平符文治国，一向没多大问题，直到现在，直到索尔突然送来这女孩，说如果想要和平，就把叶芙阮之环给她。你的环，恬娜！你与格得的环！”

恬娜迟疑片刻：“她毕竟是索尔的女儿。”

“对蛮人王而言，女儿算什么？只是货品、可交易的东西，以获得某些好处。你知道的！你在那里出生！”

此语一点都不像黎白南的为人，而他也察觉自己失言，突然跪下，握住恬娜的手，覆盖自己双眼，以示懊悔。“恬娜，对不起。这事让我超乎常理地烦忧。我看不到该怎么做。”

“这个嘛，只要你什么都不做，就会有点余地……也许公主有自己的意见？”

“她怎会有意见？躲在那个红布袋里？她不愿说话，不愿看看外面，她跟帐篷柱子没什么两样。”黎白南试着笑，他被自身难以控制的憎厌吓着，企图为此开脱，“我刚得知从西方传来不安的消息，就发生这件事。我是为别的事而请你跟恬哈弩来，不是为了拿这种蠢事烦你。”

“这不是蠢事。”恬娜道，但黎白南刻意忽略，开始谈论龙。

由于来自西方的消息的确令人不安，大多时候，黎白南都成功地完全不想到公主。他很清楚，刻意忽略处理政事，并非他的习惯。制人者，亦受制于人。两人谈话过后数天，他请恬娜拜访公主，试着让公主说话。毕竟，他道，两人会说同种语言。

“可能吧，”恬娜说，“但我不认识任何胡珥胡人，在峨团，他们被称为‘蛮人’。”

黎白南乖乖领受教训，但恬娜当然也实现他的请求。不久，恬娜回复，她跟公主会说同种语言——至少非常近似，而公主不知有其他语言存在，以为这里所有人，包括朝臣与侍女，都是恶毒疯子，像不会说人话的动物般吱喳吠叫，嘲弄她。就恬娜所知，公主在沙漠长大，住在胡珥胡索尔王原本的领土上，被送到黑弗诺前，只在阿瓦巴斯宫待了非常短的时间。

“她很害怕。”恬娜说道。

“所以，她就躲在帐篷里？她以为我是什么？”

“她怎么会知道你是什么？”

黎白南皱起眉头：“她多大了？”

“很年轻，但已经是女人。”

“我不能娶她，”黎白南带着突来的决心说道，“我会送她回去。”

“退回的新娘是遭受侮辱的女子。如果你送她回去，索尔可能会杀了她，以免家族蒙羞。他绝对会认为你在刻意侮辱。”

狂怒神色又出现在黎白南脸上。

恬娜阻止他爆发。“只是野蛮习俗。”她僵硬地说道。

黎白南在房内来回踱步。“很好，但我不会考虑让那女孩成为莫瑞德王国的王后。能教她说赫语吗？至少能说几个字？她是否完全不受教？我会告诉索尔，赫族国王不能娶一名不会说本国语言的女子。我不在乎他高不高兴，他活该受这一巴掌，还可以让我有更多时间。”

“你会请她学赫语吗？”

“如果她认为这都是胡言乱语，我怎么问她事情？我去找她有何用处？我想，或许你能与她谈谈。恬娜……你一定看得出来，这是诈欺，利用那女孩，让索尔看起来与我平等；利用环……你带给我们的环……当作陷阱！我甚至无法假意宽恕。我愿意妥协、拖延，以维护和平，但到此为止。即便是如许欺瞒，也是污秽。你看该怎么跟公主说最好，我不愿与她有任何瓜葛。”

于是黎白南乘着一股正义怒气离去，但这股情绪之后缓缓冷却成某种不安，似极羞耻。

卡耳格使节告知自己即将离开，黎白南准备了措辞小心的信息给索尔王，对公主在黑弗诺所代表的尊荣致谢，以及自己与臣民非常乐意向公主介绍王国礼仪、习俗与语言。对于环，婚娶抑或不娶一事，只字未提。

与受梦境困扰的道恩术士谈话后的傍晚，黎白南最后一次与卡耳格人会谈，交付转呈至尊王的信函。他先大声朗诵，一如大使当初对他大声朗诵索尔信件内容。

大使满意聆听："至尊王会很高兴。"

黎白南一面与使节客套，展示送给索尔的礼物，一边百思不解地想，为什么大使会这么轻易便接受避重就轻的回答。所有念头都朝向一个结论：他知道我甩不掉公主了。黎白南的思绪沉默地激切回应：绝不！

黎白南询问大使是否前往河宫向公主道别。大使茫然，仿佛受询是否要对递送的包裹道别。黎白南再次感到愤怒在心中涌起，看到大使表情略略改变，出现警戒、安抚的神色。他微笑，祝使节回卡耳格时一路顺风，随即离开谒见厅，回房。

一国之主平日活动多是仪式典礼，一生大半在公众注视下，但黎白南坐上的是悬虚数百年的王位，宫廷中的仪节也早已荡然无存，某些事便能随心所欲。卧房里没有王宫仪节，夜晚属于自己，他向睡在隔壁休息室的老橡道声晚安，关上门，坐在床上，感到疲累、愤怒与奇特的孤寂。

黎白南总戴着用纤细金链挂在脖子上的金丝小包，里面装着一颗小石子，一块色泽暗沉、乌黑，凹凸不平的碎石。他将石子取出，握在掌心，静坐沉思。

黎白南思索术士赤杨与其梦境，试图让思绪远离一切关于卡耳格女孩的蠢事，但唯一进入脑海的，却是一阵对赤杨的痛苦嫉妒，因为他踏上弓忒土地，与格得谈话，更与格得同住。

孤寂便是由此而生。自己尊称吾主、最敬爱的人，不肯让自己靠近，亦不肯靠近。

难道格得认为，失去巫师法力，便会受黎白南看轻、鄙视？

格得的力量曾能完全控制人心与意志，所以这念头并非全无可能，但格得对黎白南的了解应该不只于此，或者至少该有更高评价。

是否因为曾是黎白南的尊主与导师，因而无法忍受成为臣民？对那老人而言，的确可能：两人地位如此直截了当、无可转圜地对调。但黎白南记得非常清楚，在龙的阴影中，在格得统御下所有师父的面前，格得在柔克圆丘，对黎白南双膝下跪，尔后站起身，亲吻黎白南，告诉他要尽心治理国事，唤他："吾王，挚爱伙伴。"

"我的王国是大人赋予的。"黎白南曾对赤杨如此说道。那便是格得赋予的一刻。全然、自愿。

而这也就是为何格得不肯来黑弗诺，不肯让黎白南去请益的原因。他已交出权柄……全然、自愿，不愿旁人误解他参与政事，让阴影遮掩黎白南的光芒。

"他已完成愿行。"守门师父如是说。

但赤杨的故事撼动格得，派赤杨前来寻黎白南，请他视情况行动。

故事的确十分奇异，而格得说墙本身或许即将倒塌一事更甚。这会是什么意思？为什么一个人的梦境具有如此分量？

很久以前，与大法师格得一起旅行时，在到达偕勒多前，黎白南也梦过旱域边缘。

而在那至西岛屿，他跟随格得进入旱域，跨越石墙，进入昏暗城市。亡者阴影站在门口，或漫行于只有恒常不动的星光点亮的街道。他随着格得，走遍冥界，疲累地到达山脚，一片只有灰尘与石块的黑暗谷地。山只有一个名字：苦楚。

黎白南摊开掌心，低头看着紧握的黑色小石，再度握紧。

完成前去旱域的目的后，两人从旱溪谷爬上山，无他路回头。踏上亡者禁行的道路，攀爬翻越过切割、灼烧双手的岩石，直到格得再也无法前进。他尽力背负格得继续前行，然后两人匍匐到达黑暗边缘，夜晚的绝望悬崖边。他回来了，与格得一起进入阳光，进入海浪打在生命之岸上的声响。

虽已许久不曾如此鲜明地忆起那段可怕旅程，但来自山峦的黑色小石一直垂挂心上。

他如今恍然，那片土地的记忆，其中的黑暗、尘土，他虽转头不愿直视，却一直都在心里，只是掩蔽在了白日种种明亮活动作息下。他转过头，明知那将是他再度返回之处，却无法忍受这事实：独自返回，无人陪伴，永远。眼神空洞、无声无息地站在虚影之城的阴影下，永不能再见到阳光，或饮水，或碰触活生生的手。

他突然站起身，甩脱阴郁念头，将石头放回小包，上床就寝，关灯，躺下。他立刻再度见到尘土与岩石的昏暗灰蒙土地，遥远前方连接漆黑尖锐的山峰，但在这里是下倾斜坡，直直向下，向右，伸入全然黑暗。“那边有什么？”不断前行时，他问了格得。同伴说不知道，也许没有尽头。

黎白南坐起身，因心思飘荡无法遏抑而愤怒惊慌，眼光寻找窗户。窗子面北，是他喜欢的景致，从黑弗诺望过层层山峦，直到高耸、灰白峰顶的欧恩山。更远，视线之外，跨越大岛与伊亚海，是英拉德岛，家乡。

躺在床上只看得见天空，夏季夜空一片澄澈，天鹅之心高挂小星辰间。他的王国，光芒、生命的王国，这里的星辰宛如雪白花朵，在东方绽放，在西方消隐。他不愿去想另一片国土，在那里星辰永不移动，在那里手无力量，也没有正确的方向，因为无处可走。

躺在床上，凝望星辰，他刻意将念头拉离记忆，拉离格得，想着恬娜：她的声音，她的碰触。朝臣都很注重仪节，对何时、如何碰触国王，小心翼翼；恬娜却非如此，她会笑着把手放在他手上，对待他比他母亲还要大胆。

玫瑰，英拉德家系的公主，两年前因高烧去世，当时黎白南正在船上，前往英拉德岛贝里拉宫与南方岛屿，探访皇族。他对母后的死讯一无所知，直到回家，回到正在哀悼的城市与宅邸。

母亲如今正在黑暗国土，干旱大地上。如果他到了那儿，在街道上与她错身，母亲不会看他一眼，不会对他说话。

他紧握双手，重新摆放床上软垫，试着放松，想着能让思绪远离那里的事物。想着母亲健在时，她的声音、深色弯眉下的深色眼睛、纤细双手。

或者想着恬娜。他知道请恬娜来黑弗诺，不仅为了有事请教，更因为恬娜是他仅存的母亲。他想要这份爱，给予，也获得。一份绝对的爱，没有例外，没有条件。恬娜的双眼是灰色的，并不是深色，但能以洞悉一切的柔情直直看透他，不受他所说或所做之事欺瞒。

他知道他能完美达成别人加诸他的要求，也知道自己善于扮演王的角色，但只有在母亲和恬娜面前，他对自己能不带一丝疑惑，明了身为王的真实意义。

从黎白南还是少年人，还未加冕前，恬娜便已认识他，那时起便已爱着他。为了他，为了格得，也为了自己。对恬娜而言，黎白南是永不会令人失望的儿子。

但恬娜心想，他若继续如此愤怒、不公地面对来自胡珥胡的可怜女孩，还是可能令人失望。

阿瓦巴斯使节最后一次谒见，恬娜也出席了。黎白南邀她，她也乐意前去。初夏来到此处，发现有卡耳格人在宫廷，恬娜原以为卡耳格人会躲避她，或至少怀疑地看着她：叛教的女祭司，跟小偷鹰法师从峨团陵墓宝库盗走厄瑞亚拜之环，背叛祖国，带着环逃到黑弗诺。是她做的这一切让群岛王国再度有王，卡耳格人很可能因此敌视她。

胡珥胡的索尔重新崇拜双神与累世无名者，而恬娜摧毁了累世无名者最壮丽的神庙。这反叛已不仅是政治层面，也包括宗教。

但那已是很久以前，四十多年前的事，几乎成了传说，而政客有选择性记忆。索尔使节乞求，是否有荣幸谒见恬娜，以繁复深刻、虔诚尊敬的言辞迎接，她认为其中至少有一部分发自真心。大使称呼恬娜为阿儿哈夫人、被食者、转世者——多年来已无人如此称呼，再次听到，让恬娜颇感奇特，但听到母语，发现自己依然能说，依然有深刻、忧愁的满足。

于是恬娜前来向大使及一行人道别，请大使向卡耳格至尊王保证，公主一切安好，并最后一次愉悦地看着高大清瘦的男子、他们浅淡的发辫、装有羽毛的头饰，及银环与羽毛交织的朝服盔甲。住在卡耳格大陆时，恬娜鲜少见到同族男子，陵墓中只有女子与阉人。

典礼结束后，恬娜躲入王宫花园。夏夜温暖而骚动不断，花朵绽放的低矮树丛在夜风中隐隐浮动。围墙外，城市嘈杂之声像安静海面的呢喃。两名年轻朝臣在荫道下并肩共行，恬娜不想打扰他们，便在花园另一端的喷泉与玫瑰间漫步。

黎白南又皱着眉头离开谒见厅。是怎么了？就恬娜所知，他以前从未反抗地位所带来的责任。他当然知道王必须结婚，而且还不能自由选择对象；知道不服从人民愿望的王便是暴君；知道子民想要王后，想要继承王位的后裔，但他对此毫无行动。宫廷侍女乐于与恬娜闲聊王的历任情人，那些女子从未因情人的身份被人知晓而丧失任何好处。黎白南在这方面的确处理得当，但不能永远如此。索尔王提供了完美合适的解决方法，为什么他却如此愤怒？

也许并非完美合适。这位公主是有点问题。

恬娜必须试着教会她赫语，还得找别的侍女教导公主群岛民族习性及宫廷仪节——这类工作恬娜自己绝无法胜任。相较于宫廷成员的世故，她更能体会公主的无知。

黎白南拒绝或无法从公主的观点看待整件事情，令恬娜不满。难道他无法想象，这对公主来说是什么情况吗？她从小在荒僻沙漠、藩王堡垒里的女子寝宫长大，可能从未见过除了父亲、伯叔与祭司之外的男子，突然从一成不变的贫穷与严苛生活中被陌生人带离，进入漫长恐怖的海上航程，最终被丢弃在仅知为毫无信仰、嗜血如命的怪物之中，这些人住在世界边缘，甚至不能算是真正人类，因为他们是会变成动物及鸟类的巫师……而她得嫁给其中一人！

恬娜能够离开族人，与西方的怪物、巫师共同生活，只因能与挚爱且信任的格得在一起，但即便如此，也不轻松。她经常丧失勇气。虽然黑弗诺人民表示无比欢迎，又是人群又是欢呼，还有花朵、赞美及甜美称呼：白女士、和平使者、环之恬娜……即使有这一切，在很久以前的夜晚，恬娜依然缩藏在自己房里，沉浸于悲惨之中，如此寂寞，无人会说她的母语，而她对群岛毫无所知。一旦庆典结束，环回到应在位置，她便乞求格得将她带走，格得也遵守承诺，带她一起偷偷溜到弓忒。在弓忒，作为欧吉安的养女及学生，她住在老法师之屋，学习如何当群岛人民，直到看到身为成年女子后想遵循的路。

恬娜带着环来到黑弗诺时，比公主更年幼，但她不像这女孩，并非毫无权力地成长。虽然第一女祭司大多仅握有仪式、形式上的权柄，但她与教育自己的严酷生活法则决裂，为囚犯及自己赢得自由时，便真正掌控了自己的命运。藩王之女只能掌控琐事，父亲自立为王之后，她会被称为公主，有更华贵的衣饰、更多奴隶、宦人与珠宝，直到在婚姻中被送出去，而她不能表示任何意见。除了寝宫外，她只能透过厚墙窗缝，透过层层红薄纱，看见世界。

恬娜认为自己很幸运，不是生长在胡珥胡般落后野蛮的岛屿，所以从未穿戴“非雅”，但也知道在传统的铁箍中长大是什么情况，因而驱策自己，只要人在黑弗诺，便会尽力帮助公主。但她不打算久留。

她在花园漫步，看着喷泉在星光中闪烁，想着自己何时才能回家、如何回家。

恬娜不介意宫廷繁文缛节，也不介意文明外表下其实翻滚着的混沌野心、敌意、激情、谋略、冲突。她从小便与仪式、虚伪及隐匿运作的政治共同成长，这一切都不会令她惊吓或担忧。她只是想家，想回到弓忒，与格得在一起，在两人的屋子中。

她前来黑弗诺，是因黎白南邀请她与恬哈弩，还有格得——如果他愿前来。但格得不肯来；而没有她，恬哈弩也不肯来。这点倒令她害怕忧虑。难道女儿无法脱离她吗？黎白南需要的是恬哈努的建议，不是恬娜的，但女儿攀附自己，如同胡珥胡女孩，在黑弗诺宫里不自在、格格不入，和公主一样，沉默躲藏。

恬娜如今必须担负起奶妈、教师与友伴的角色，两个害怕的女孩，不知该如何掌握力量。恬娜对世上力量毫无遐想，只想自由，回到自己所属的家，协助格得照料花园。

她希望在家里种植这里的白玫瑰，花朵在夜晚是如此芬芳香甜；但高陵夏季风太大，阳光太烈，而且山羊可能会吃掉玫瑰。

恬娜终于进屋，穿过王宫东侧，进入与恬哈努共享的套房。女儿已入睡，夜已深沉。珍珠般大的火苗，在小小的大理石油灯里燃烧。高挑房间中光线柔和，层层虚影。她吹熄油灯，爬上床，很快便沉入梦乡。

她走过狭窄高挑的石廊，手提那盏大理石油灯，昏暗的椭圆光芒丧没在身前极深厚的黑暗中。她来到走廊上一扇门前，门后有个房间，房里的人都背着鸟般双翼，有些则有鸟类头颅，如老鹰及兀鹰。他们静止地或站或坐，没有看她或任何事物，眼睛周围画着白色红色线条，翅膀像是垂在身后的沉重黑披风。恬娜知道他们无法飞翔。他们如此哀伤、绝望，房内空气如此污秽，令她挣扎，想转身逃脱，却无法移动，最后在抗拒这动弹不得的感觉时惊醒。

房里有温暖阴影、窗外星辰、玫瑰香气、城市中轻柔的骚动和恬哈弩沉睡的呼吸声。

恬娜坐起身，甩脱残留梦境。那是陵墓迷宫彩绘室，四十年前，她首次在那儿与格得面对面。梦境里，墙上彩绘活了过来，只是那并非生命。那是死后未能重生的人所拥有的无尽、永恒的存在，非生亦非死，是受到累世无名者诅咒的人：异教徒、西方人、术士。

人死后会重生。这是她成长过程中被教导的知识，确定无疑。恬娜还小时，就被带往陵墓，成为被食者阿儿哈，祭司告诉她，在过去、未来所有人中，只有她会永远以自己的身份，一世又一世重生。即使还是第一女祭司时，她也有时信，有时不信，之后更是再不相信。但她同所有卡耳格大陆人民般，都知晓死后会以另一个肉体转生，熄灭的灯火同时于他处亮起，从妇人子宫或小鱼鱼卵，或草芥种子中，回到世间，忘却过去生命，开始新生，生生不息。

只有遭大地、遭太古之力放逐的人，才会无法重生，例如赫族大地的黑暗术士。卡耳格人说，术士死后无法再次进入世间，却是去一个枯燥、半存在的地方，在那里他们有翅却不能飞，不是鸟类亦非人类，必须毫无希望地继续。女祭司柯琇津津有味地告诉恬娜，那些浮夸的神王之敌会遭受多可怕的命运，灵魂注定永远自光明世界遭放逐！

但格得曾描述死后世界，他的族人去的地方，那片毫无改变，仅有冰冷灰尘与阴影的大地……难道就较不枯燥，较不可怕？

无解的问题回荡在她脑海，难道她因为再也不是卡耳格人，因为背叛圣地，死后就必须去旱域吗？格得必须去那里吗？在那里，两人是否会毫不在意地擦身而过？不可能。但如果格得必须去那里，而她会重生，那么两人便会永远分离？

恬娜不愿想这些。遗齐一切多年后，再度梦到彩绘室，原因很明显，当然是因为见到大使，再度说卡耳格语。但她依然不安地躺着，因梦境而紧绷。她不想回到年轻时的梦魇，只想回到高陵上的房子，躺在格得身旁，听恬哈弩沉睡的呼吸声。格得睡时，像石头沉静不动，但火伤了恬哈弩的喉咙，呼吸总带一点沙哑，恬娜夜夜年年聆听、寻找。那亲爱的声音、微微沙哑的呼吸，才是生命，归返的生命。

恬娜聆听，终于再度入睡，如果做了梦，梦境也是天空，晨光，在天际移动。

赤杨很早便醒过来，小同伴一整晚都很不安，他也是。他很高兴能起床，走到窗前，睡眼惺忪地坐着，看着光线降临在港口上方的天空，出海渔船与船舰大帆耸立在正低压大湾的迷雾中，听城市传来一日揭幕的纷纷攘攘。正当他想自己是否应该进入错综复杂的王宫，好了解该做些什么事时，传来敲门声。一名男子端入新鲜水果与面包、牛奶，还有一小碗给猫咪的肉。“第五小时宣报时，我会来引导您前去进见国王。”男子严肃地告知，然后较轻松地告诉了他，如果赤杨想散散步，该如何到王宫花园。

赤杨当然知道从子夜到中午是六个小时，中午到子夜也是六个小时，但从未听过有人宣报时间，正自纳闷。

后来他才知道，在黑弗诺，有四名喇叭手会站上王宫中至高尖塔的阳台，塔上冠着纤细的英雄宝剑。午前第四与第五小时，还有中午及午后的第一、第二与第三小时，四人分向东、西、南、北，齐奏喇叭。如此一来，王宫朝臣、城中商人与船家能以此安排作息，再约定时间会见。赤杨在花园中散步时遇见的小男孩解释了一切。男孩矮小消瘦，穿着过长外衣。他解释，喇叭手之所以知道该何时吹奏，是因塔中有很大的沙钟，还有从塔顶高处悬挂而下的阿斯钟摆，只要在一小时开始前摆动，便会在另一小时开始时停止。男孩还告诉赤杨，喇叭手吹奏的曲调，是马哈仁安王从偕勒多返回时写成的《厄瑞亚拜挽歌》，每小时吹奏不同乐章，只在中午吹奏整首；若希望在某时确实抵达某处，就该注意阳台，因喇叭手会提早几分钟出现；而若阳光灿烂，他们的银色喇叭会闪闪发光。男孩名叫罗迪，父亲是阿尔克岛的麦塔玛领主，两人在一年前来到黑弗诺，他在王宫上学，九岁，很想念妈妈与姐姐。

赤杨及时回到房间会见向导，心情较为放松。与男孩的一席谈话提醒他，贵族之子也是小孩，贵族也只是人，而他所害怕的不是活人。

向导带领赤杨穿过王宫走廊，进入狭长明亮的房间，一面墙上开着许多窗户，面向黑弗诺高塔，以及跨过运河街道、跃过屋顶阳台、外形变化万千的桥梁。他一面浏览景色，一面迟疑地站在门口，不知是否该走向房间另一端的人群。

国王看到赤杨，走上前来，和善问好，将他带领到其他人面前，一一介绍。

有名大约五十岁的女子，体形娇小，皮肤白皙，头发斑白，有着大大灰眸。“恬娜，环之恬娜。”国王微笑说道。她直视赤杨双眼，恬静问好。

有名男子约与王同龄，身着丝绒及轻薄麻布，皮带、颈项上挂饰珠宝，耳垂挂着大红宝石。“船长托斯拉。”国王说。托斯拉脸庞如陈年橡木黝黑，神色敏锐刚毅。

有名中年男子，衣着简单，表情平稳，让赤杨觉得可以信赖。是黑弗诺家系的赛智亲王。

有名男子四十余岁，手握等身长的木巫杖，赤杨一看便知是出自柔克学院的巫师。男子脸庞饱经风霜，双手细致，举止疏远但有礼。“黑曜大人。”国王道。

还有名女孩，赤杨以为是仆人，因她衣着十分朴素，远离人群，半转过身，仿佛正看着窗外。黎白南将女孩领前，他看到女孩的美丽黑发如流泉浓密、光滑。“弓忒之恬哈弩。”国王道，语调响亮如发出挑战。

女孩直视赤杨片刻。她很年轻，左脸如铜玫瑰光滑，挑扬眉毛下，是深黑的明亮眼眸。右半侧脸则遭火毁伤，有粗糙干厚的疤痕，少一只眼，右手宛如乌鸦弯曲利爪。

女孩像其他人般，依照伊亚及英拉德岛习俗，向赤杨伸出手，但伸左手。赤杨将手与女孩掌心对掌心相碰。她的手极滚烫，如发着高烧一般。她再度看看赤杨，独眼露出惊讶一瞥，明亮、疑惑、猛锐。而后她再度低下头，退后一步，仿佛不愿成为他们的一员，不愿身处于此。

“赤杨大人带来令尊弓忒之鹰的口信。”国王看到信差无言站立时，如此说道。

恬哈弩没抬头。光滑黑发几乎完全遮掩被侵毁的脸庞。

“小姐，”赤杨口干舌燥，声音沙哑地说，“大人要我问你两个问题。”他停了停，舔湿嘴唇，喘息片刻，有那么惊慌的一瞬间，忘记该说些什么，但暂停变成等待的沉默。

恬哈弩以更沙哑的声音说：“问吧。”

“大人说，要先问，‘谁会到旱域？’我告别时，他又说，‘再问我女儿，龙会飞越石墙吗？’”

恬哈弩点头表示明白，再度略微退后，仿佛要将谜语一同带离众人。

“旱域，”国王说，“还有龙族……”

他的机敏目光一一抚过众人脸庞。

“来吧，”王说道，“让我们坐下共议。”

“或许我们能在花园讨论？”娇小的灰眸女子恬娜提议，王立即同意。行走间，赤杨听到恬娜说：“一整天待在室内让她觉得辛苦。她想要天空。”

园丁为众人搬来椅子，放在池塘边老柳树下。恬哈弩站在池边，垂首望着碧绿池水，几尾银鲤懒洋洋游着。显然，她欲思索父亲的讯息，而非谈论，但她能听到众人所说。

所有人坐定，国王要赤杨从头述说故事。众人聆听，散发出同情的沉默，他毫无拘束、不疾不徐地叙述。结束后，众人仍静默片刻，巫师黑曜问：“你昨晚做梦吗？”

赤杨说，没有想得起来的梦境。

“我有。”黑曜说，“我梦到在柔克学院曾是家师的召唤师父。有人说他死了两次，因为他越过墙，从那片大地回来过。”

“我梦见无法重生的灵魂。”恬娜低语。

赛智亲王说：“整夜，我以为听到街道上的声音，孩提时识得的声音，像过去那般呼唤，但我一倾听，又只是守夜人或酒醉水手在喊叫。”

“我从不做梦。”托斯拉说。

“我没梦到那片大地，”国王道，“我记得，而我无法停止回忆。”

王望向沉默女子恬哈弩，但她只是低头望着池子，没有说话。

再无人发话。赤杨承受不住：“如果是我带来这场瘟疫，你们必须将我送走！”

巫师黑曜下定论，但语气并不傲慢专制：“如果柔克将你送往弓忒，而弓忒将你送来黑弗诺，那你就该在黑弗诺。”

“三个臭皮匠。”托斯拉嘲讽地说。

黎白南道：“先把梦境摆一边。客人需要知道他抵达前我们关切的问题……亦即今年夏初我为何请求恬娜及恬哈弩前来，并将托斯拉自航行途中召回，共同商议。托斯拉，请你告诉赤杨整件事的经过好吗？”

黝黑脸庞的男子点点头，耳上红宝石如鲜血闪耀。

“与龙有关。”男子说，“近几年，龙进入西陲的乌里及乌西翟洛岛，低飞越过农场及村庄，以利爪抓住房子屋顶，撼动房舍，惊吓人民。龙已两度于收获时节前往托林峡，吐火燃烧田野，焚烧梗堆，让屋顶茅草着火。它们未攻击人类，但有人死于火灾。它们也不像黑暗年代时那样攻击岛上领主宅邸，寻求珠宝，而只攻击村庄及农田。另一名往南到西姆利交易谷类的商人也带来了同样的消息：收割时，龙族前来焚烧庄稼。

“去年冬天在偕梅岛，两头龙住在安丹登火山顶上。”

“啊。”黑曜出声，看到国王询问地一瞥，他随即解释，“帕恩的塞波巫师告诉我，那座山对龙族而言是非常神圣的地方，古时，龙会去饮用大地之火。”

“总之，龙回来了。”托斯拉说，“而且下山侵扰当地居民视为财富的牛羊，不伤牲畜，只是惊吓，使牲畜四处窜逃。那里的人说，那些龙年轻，又黑又瘦，吐不出多少火。”

“在帕恩，如今有龙住在岛上北端，山上一片没有农庄的荒僻野地。猎人以往会去猎捕高山山羊、抓鹰隼来驯服，但它们都被龙赶跑，如今没人敢靠近山边。也许帕恩巫师知道这件事？”

黑曜点点头：“他说，有人看到山头间有龙群像野雁飞越。”

“而帕恩、偕梅与黑弗诺岛中间，仅隔帕恩海。”赛智亲王说道。

赤杨正想着，从偕梅到故乡道恩岛，不到百英里远。

“托斯拉驶‘燕鸥’号航往龙居诸屿。”国王道。

“我还来不及看到最靠东的那些岛屿，就有一群龙朝我飞来。”托斯拉带着刚硬的笑容说，“像对牛羊般侵扰我，俯冲下来燃烧船帆，直到我逃回出发地。但这也没什么新奇的。”

黑曜点点头：“只有龙主曾航至龙居诸屿。”

“我去过。”国王道，突然露出明朗、孩子气的微笑，“但我跟龙主同行……我一直在想这件事。我与大法师在西陲寻找还魂术师喀布时，经过比西姆利还远的节西济，看到燃烧的田野。而在龙居诸屿，我们看到龙像得狂犬病的动物般，彼此厮杀。”

半晌后，赛智亲王问：“也许有些龙未从那段邪恶时期造成的疯狂中恢复？”

“都十五年了，”黑曜道，“但龙的寿命很长，也许时间流逝对它们而言不同于我们。”

赤杨发觉巫师说话时，瞥向站在池边远离所有人的恬哈弩。

“但开始攻击人类，是最近一两年的事。”亲王说道。

“龙可没这么做。”托斯拉说，“如果龙想摧毁农场或村庄居民，谁阻止得了？它们是在攻击人民的生计，庄稼、稻草、农场、牛只，是在说，‘给我走……离开西方！’”

“但为什么以火焰与纷乱说出呢？”巫师质疑，“龙会说话！会说创生语！莫瑞德与厄瑞亚拜都曾与龙族交谈，大法师也曾与之交谈。”

“我们在龙居诸屿看到的龙，”王说，“已丧失言语能力。喀布在世界造成的裂痕，从人与龙吸取力量。只有巨龙欧姆安霸前来找寻我们，与大法师交谈，叫他去偕勒多……”王停语片刻，眼神遥远，“即便是欧姆安霸，在死之前语言亦遭剥夺。”王再度转过头，脸上闪着奇异光芒。“欧姆安霸为我们而死，为我们打开进入黑暗之地的道路。”

众人皆安静片刻。恬娜恬静的声音打破沉默，“雀鹰对我这么说过……让我想想我是否记得他怎么说……他说，‘龙跟龙语是一体两面，龙不是学会古语，它就是古语。’”

“如同燕鸥即是飞翔，鱼儿便是泅泳。”黑曜缓缓说，“是的。”

恬哈弩聆听，纹风不动站在池边。所有人都看着她，她母亲脸上的表情是期盼，也是急切。恬哈弩别过头。

“怎么让龙与人说话？”王问，语气十分轻松，仿佛只是闲谈，但之后又是一阵静默。“嗯，”王又接道，“希望我们能了解。现在，黑曜师父，刚好我们谈到龙，能不能请你谈谈那位前去柔克学院的女孩，因为只有我听过这事。”

“有女孩进了学院！”托斯拉嘲弄地咧嘴笑道，“柔克可真不一样了！”

“确是如此。”巫师说，冷淡地凝视船长。“这是八年前的事。她来自威岛，假扮成年轻男子，想来研习魔法技艺。拙劣伪装当然没骗过守门师父，但师父还是让她进门，而且支持她。当时，学院由召唤师父领导，就是……”他迟疑片刻，“就是我刚告诉你们，我昨晚梦见的人。”

“黑曜大人，请你告诉我们这人的事，”国王道，“是死而复生的索理安？”

“是的。大法师离开很久，毫无音讯，我们害怕大法师已过世，召唤师父便运用技艺，查看大法师是否真的跨越石墙。他在那里待了许久，其余师父开始担心，但他终究醒转，说大法师已成亡者，无法返回，命索理安回到人世，管理柔克。但不久后，龙便驮载活生生的雀鹰大法师与黎白南王前来……大法师再度离去，召唤师父瘫软在地，仿佛毫无生命。药草师父以技艺认定索理安已死，我们正准备将他下葬，他又有动静，还开口说他回到人世是为了完成必须完成的工作。因为我们无法选出新的大法师，召唤师父索理安便开始掌理柔克学院。”他停顿片刻，“女孩来后，虽然守门师父让她进屋，但索理安拒绝让她留在屋内，不愿与她有任何瓜葛，形意师父将女孩带去心成林，她在树林边缘住了一段时日，与师父一同在林里行走。形意、守门、药草三位师父，及名字师父坷瑞卡墨瑞坷相信，女孩前来柔克必有其因，她本人或许一无所知，但她正预示或引领某种大事发生，所以他们保护女孩。其余师父则服从索理安的看法，认为女孩只带来纷争与毁灭，应当赶走。我当时是学生，知道师父间缺乏领袖，相互争吵，我们因而痛苦忧虑。”

“只是因为一个女孩。”托斯拉说。

这次黑曜对他投注极冰冷的一眼：“安静。”半晌后，黑曜接续，“简而言之，索理安派我们去逼她离开岛上，她向索理安挑战，当晚相会柔克圆丘。索理安到场，以女孩真名召唤，命她服从。‘伊芮安’，索理安这么唤她，但她说，‘我不只是伊芮安。’说着，她开始变形。她变成……她换上龙的形貌。她碰触索理安，索理安躯体立刻化为灰烬，然后她爬上山。在山下，我们的双眼看不清楚那到底是如火燃烧的女子，还是有翼生物，但在山顶，我们很清楚地看到她，是龙，如赤红煞金的火焰。她拍击翅膀，飞向西方。”

黑曜语调变得清柔，脸庞满是回忆中的敬畏。无人说话。

巫师清了清喉咙："在她上山前，名字师父问她，'你是谁？'她说不知道自己另一个真名。形意师父问她，接下来她要去哪儿，是否会回来。她说要去西之彼方，向族人询问真名，但如果师父呼唤，她会回来。"

沉默中，一个沙哑低弱，宛如生铁相击的声音发话。赤杨不明白那些字的意涵，却又听来熟悉，仿佛几乎能记起字词意义。

恬哈弩来到巫师附近，站在身边，俯身向他，宛如紧绷弓弦。说话的是恬哈弩。

巫师又惊又异，抬头看她，倏地起身，向后一步，然后克制说道："是的，她就是这么说的，我的族人，比西方更西。"

"呼唤她，噢，呼唤她。"恬哈弩悄声道，对巫师伸出双手。巫师不禁再次向后退缩。

恬娜起身，对女儿喃喃问道："怎么了，怎么了，恬哈弩？"

恬哈弩环顾众人。赤杨觉得自己仿佛是被她眼光穿透的鬼魅。"叫她来。"恬哈弩道。她看向国王："你能召唤她吗？"

"我没有这种力量。也许柔克的形意师父能……也许你……"

恬哈弩奋力摇头:“不行，不行，不行，不行，”她悄声道，“我不像她。我没有翅膀。”

黎白南望向恬娜，仿佛寻求指引。恬娜哀愁地看着女儿。

恬哈弩转过身，面对王。“先生，对不起，”她以低弱粗哑的声音僵硬说道，“我必须独处片刻。我会思考父亲所说的话语，试图回答他的问题。但我必须独处，请你允许。”

黎白南对她鞠躬，瞥向恬娜。恬娜立刻走向女儿，搂抱着她，两人从水池及喷泉旁阳光普照的小径离开。

四名男子再度坐下，数分钟无语。

黎白南道:“黑曜，你是对的。”然后对其余人说，“我告诉黑曜关于恬哈弩的一些事后，他告诉我龙人伊芮安的故事。我告诉他，恬哈弩还是孩子时，便召唤凯拉辛前去弓忒，以古语对龙说话，而凯拉辛称她为女儿。”

“陛下，这事十分奇异，这是个非常奇异的时代。龙是女子，而未经教导的女孩会说创生语！”黑曜明显受到深深震撼，面带恐惧，赤杨发现这点，想着自己为什么感受不到如此恐惧。也许，赤杨想，是因自己所知有限，不知该如何害怕，或该害怕什么。

“但从前就有这些古老的故事，”托斯拉说，“你们在柔克没听说吗？也许你们的围墙把故事挡出去了。这些只是平凡人说的故事，有时甚至是歌谣。有首水手歌叫《贝里洛小妞》，歌里说有个水手在每个港口都会留下为他哭泣的漂亮女孩，直到一名漂亮女孩以赤铜双翼追向他的船，把他抓出吃掉。”

黑曜极端不耐烦地看着托斯拉。但黎白南微笑，说：“楷魅之妇……大法师的师父，艾哈耳，又名欧吉安，告诉过恬娜楷魅之妇的故事。她是名老村妇，过着村妇的生活。她邀欧吉安进小屋，请欧吉安喝鱼汤，说人与龙本是同族。她自己是龙，也是女子。欧吉安以法师之身，看到她是龙。

“黑曜，就如你所见到的伊芮安。”黎白南说道。

黑曜语调僵硬，只面对王说：“伊芮安离开柔克后，名字师父让我们读最古老的术典，那其中有一些以往一直语意不清的部分，只知道是在说既是人亦是龙的生物，还有在这些生物间发生争吵或极大纷争。我们了解有限，这些内容仍不清楚。”

“我原本希望恬哈弩能解释清楚。”黎白南说，语调平稳，以至于赤杨无法分辨，王是否已放弃，或依然希望。

一位头发灰白男子从小径上快步走来，是王的御林侍卫。黎白南转头一看，起身走去。两人低声交谈片刻，士兵踏步走开，王转回面对同伴。“有消息了，”他说，挑战语调再次出现，“黑弗诺岛西方出现大群飞龙，它们放火烧了森林，一艘近海船只的船员说，逃到南港的人告诉他们，瑞司贝城烧起来了。”

当晚，王麾下最迅捷的船舰载着一行人横渡黑弗诺湾，乘着黑曜扬起的法术风向前奔驰。船在拂晓时来到欧恩山肩下的欧内法河口。自皇家马厩挑选的十一匹马同时下船，每匹都是腿长体健的良驹。在黑弗诺及偕梅岛之外，马匹难得一见，恬哈弩习于驴子，却从未见过马。在船上整晚，她多半都陪伴马匹与马夫，协助控制、安抚马儿。马匹血统纯正，教养良好，却不习惯海上航行。

众人在欧内法沙滩准备上马。黑曜对骑术一窍不通，马夫必须多方教导、鼓励，但王一上马，恬哈弩随即跟上。她把缰绳握在残疾的手中，并未使用，似乎有别的方法与母马沟通。

骑士笔直向西，朝法力恩山脚快速前行。骑马是黎白南所能运用的交通方式中最迅速的，若是航行过南黑弗诺岛，会耗时过久。同行的巫师黑曜负责维持天候，清除道路险阻，保护大家安危——龙火除外。如果遇上龙，除了恬哈弩，他人都无抵抗能力。

前晚，黎白南与顾问及将官讨论后，很快得到结论：他丝毫无法对抗龙群，或保护城镇及田野不受攻击。弓箭无用，盾牌无用，只有最伟大的法师能够打败龙。他麾下并无此等人才，更不知现世有谁做得到。纵然如此，他仍必须尽力保护子民，除了试图与龙族谈和，别无他法。

黎白南前往恬娜及恬哈弩所住房间时，总管震惊万分：王应该召唤想见的人，命其到来。“王有所求时，另当别论。”黎白南道。

黎白南告诉前来应门、十足惊讶的女佣，前去询问是否能与白女士及弓忒之女谈话——王宫及城里人们都如此称呼两人。两人跟王一样真名公开，但这种行为如此少见，更违背规律、传统、安全与仪节，以至于人们虽然可能知晓两人真名，却不愿直称，宁可绕个弯。

进房后，他简短报告新消息，说道：“恬哈弩，在整个王国中，或许只有你能协助我。如果你能呼唤这些龙，如同你呼唤凯拉辛；如果你有控制它们的力量，若你能与它们交谈，询问为何要攻击我的子民，你愿意吗？”

年轻女子一听这话，便向后退缩，转向母亲。

但恬娜不肯庇护她，静立不动。一会儿后，恬娜道：“恬哈努，很久以前我便对你说过，王对你说话时，你要回答。你当时还是个孩子，所以没回话。你如今已不是孩子了。”

恬哈努自两人身边退开，像孩子般低垂着头。“我无法呼唤他们，”她以低弱、粗糙的声音说，“我不认识他们。”

“你能呼唤凯拉辛吗？”黎白南问。

恬哈努摇摇头。“太远了，”她悄言，“我不知道该朝哪里。”

“但你是凯拉辛的女儿，”恬娜说，“难道你无法与这些龙沟通吗？”

恬哈努悲惨地回答：“我不知道。”

黎白南说：“恬哈努，如果有任何一丝机会，它们愿与你交谈，或你能与他们交谈，我恳求你把握这个机会。因为我无法对抗他们，也不通晓他们的语言，我该怎么向只需一口气、一个眼神就能摧毁我的巨兽询问它们的要求？你愿不愿为我、为我们开口？”

恬哈努沉默，然后以低微到几乎听不见的声音说：“愿意。”

“请准备与我同行。我们午后第四小时出发，我的人会带你上船。我感谢你。恬娜，我也感谢你！”黎白南说，握住恬娜的手，没很久，因为出发前，他有许多事务必须处理。

黎白南匆忙赶到码头时稍迟，以斗篷遮头的纤细身影已站在码头上。最后一匹马正喷着气，僵着四腿，抵死不愿上船板。恬哈弩似乎在与马夫讨论，之后，她握着缰绳，对马说了几个字，便一同安静上船。

船像又小又挤的房子。近午夜时，黎白南听到两名马夫在后甲板上小声交谈。“她是天生好手。”一人说。声音较年轻的另一人道：“她的确是，但她长得真可怕，不是吗？”第一人道：“如果马不在意，你有什么好在意的？”而另一人回：“我不知道，但我就是在意。”

此时，一行人从欧内法沙滩骑到山脚，道路略为宽广，托斯拉便策马与黎白南并行。“她要为我们翻译，对不对？”托斯拉问。

“如果她可以。”

“那她比我想的还勇敢。如果她初次与龙交谈就发生这种事，那很可能再发生。”

“此话怎讲？”

“她被烧个半死。”

“不是龙烧的。”

“那是谁？”

“她出生时和她在一起的人。”

“怎么有这种事？”托斯拉面孔扭曲。

“流浪汉，小偷。她那时只有五六岁。不管她或他们做了什么，最后就是她被打得昏迷不醒，然后被推到营火中。我想他们以为，只要她死了或濒死，整件事就会当成意外。他们逃掉。村民找到她，恬娜收留她。”

托斯拉抓抓耳朵：“这故事真显出人性善良的一面。所以她也不是老大法师的女儿？但他们说她是龙一窝的，又是怎么一回事？”

黎白南跟托斯拉共同航行过，多年前更在索拉一役并肩作战，知道托斯拉勇敢敏锐、冷静沉着。托斯拉的粗俗激怒他时，他只责怪自己皮薄。“我不知道他们是什么意思，”黎白南和缓答道，“我只知道，龙叫她女儿。”

“你那个柔克巫师，那个黑曜，急着说他在这事儿上毫无用处。但他不是会说古语？”

“是的，只要几个字，就能把你烧成灰烬。我想他还没这么做，是因为尊重我，不是你。”

托斯拉点点头："我明白。"

他们整天以马匹能保持的最快速度奔跑，晚上来到小山镇，好喂食马匹，让马休息，骑士也能在各方面都不舒适的床上睡一觉。不习惯骑马的人发现自己连路都走不了。那里的居民未曾听说龙，只知道一群富有陌生人突然出现，以金银换取燕麦及床铺，整件事的灿烂及惊恐令他们难以负荷。

拂晓前，骑士离开。欧内法沙滩距瑞司贝约近百英里。第二天，要爬上法力恩山脉的低矮垭口，从西边下山。叶耐是黎白南最信任的军官之一，他骑在众人前方，托斯拉殿后，黎白南则带领几位主要成员。清晨前的沉闷静默令他半睡半醒地以小跑步速度策马前进，之后被迎面一阵马蹄声惊醒。叶耐返回，黎白南抬头望着叶耐手指的方向。

一行人正走出开阔山坡顶上的树林，透过清晰半亮天光，可一路看到垭口，两侧暗黑的高山黑压压地聚拢，像是要遮蔽这多云清晨的暗红光芒。

但他们正面向西方。

"那比瑞司贝还近，"叶耐道，"大约十五英里。"

恬哈弩的母马虽娇小，却是最好的马，坚持应该领导众人，恬哈弩若不制止，马会一直推挤超前，直到队伍前头。黎白南拉停大马，母马立刻上前，恬哈弩因而在黎白南身侧，看着所望方向。

“森林烧起来了。”黎白南对她说道。

黎白南只看得见有疤痕的半边脸，因此觉得她似乎只是在盲目凝视，但实际上恬哈弩看见了，她握着缰绳的爪手颤抖着。烧伤的孩子害怕火焰，他心想。

什么样的残忍懦弱的愚蠢念头，让他对这女孩说：“来跟龙说话，解救我的危机！”将女孩直直带入火里？

“我们回头。”黎白南道。

恬哈弩抬起完好的手，指着：“你看，你看！”

火堆中的一点火星、一点余烬，从黑线般垭口上升，鹰形火焰翱翔，一只龙笔直飞来。

恬哈弩直直从马镫上站起，发出尖锐、沙哑的呼喊，仿佛海鸟或鹰隼尖叫。但她喊的是：“玫迪幽！”

巨兽以可怕的速度贴近，修长细薄的双翼几乎慵懒地拍击，失去火光的映照，在渐亮天光中看来仿佛是黑色或铜色。

“拉好你们的马。”恬哈弩才以喑哑的声音说完，黎白南的灰色阉马便看到龙，激烈震动，挥摆着头向后倒退。黎白南控制住马，但身后另一匹马发出惊恐嘶叫，他听到一阵杂沓及马夫声响。巫师黑曜跑上前来，站在黎白南的马边。一群人在马上，或在地上，驻足看着龙来临。

恬哈弩再度喊出那词。龙飞转个弯，减缓速度，在约五十英尺外空中打住、悬停。

“玫迪幽！”恬哈弩呼唤，而回应像延长的回声传来：“玫——迪——幽！”

“那是什么意思？”黎白南俯身向黑曜问。

“姐妹，兄弟。”巫师悄声道。

恬哈弩下马，把缰绳朝叶耐一丢，朝龙悬停的小坡走去，龙的修长双翼如鹰隼快速短促拍击，但那对翅膀合计有五十英尺[1]宽，拍打时发出大鼓或铜器撞击的咔啦声响。她靠近时，一小卷火从龙细长、利牙大张的嘴冒出。

她伸出手，不是纤细的褐色手，而是烧伤的那只爪手。手臂及肩膀上的疤痕令她无法完全举起，仅能与头同高。

龙在空中微微降低，俯下头，以干瘦、渐宽、覆有鳞片的长

① 1英尺≈0.305米。

鼻碰触恬哈didn't弩的手。像只狗，或是只动物在欢迎、吸嗅，黎白南心想，也像老鹰飞降手腕，像王对女王致敬。

恬哈弩与龙各以铙钹般的声音短暂说了几句。又一阵交谈，静默，龙继续发话。黑曜专注听着，再次交谈。一抹烟从龙的鼻孔冒出，女子残疾、萎缩的手僵硬却尊贵地一比，很清晰地说了两个词。

“带她来。”巫师悄声翻译。

龙用力拍击翅膀，低下长长的头，嘶了一声，再度说话，然后跃入空中，高掠过恬哈弩，转身，盘旋，飞箭般笔直朝西飞去。

“龙称她为至寿者之女。”恬哈弩静止站立，看龙离去时，巫师悄声道。

恬哈弩转身，在灰色的晨光下，在辽阔山林前，看来渺小脆弱。黎白南翻身下马，急行到她面前，以为她会精疲力竭、惊恐万分，因而伸出手要协助她行走，但她微笑。她的脸庞，半恐怖半美丽，带着尚未升起的太阳红光亮起。

“它们不会攻击了，会在山里等待。”恬哈弩说道。

她终于环顾四周，仿佛不知身在何处，黎白南扶住她手臂，她允许，火焰及微笑在脸上徘徊不去，步伐更是轻盈。

马夫拉着马匹，马已开始嚼食满滴露珠的青草，黑曜、托斯拉及叶耐围绕恬哈弩身旁，尊敬地保持距离。黑曜说：“恬哈弩小姐，我从未见过如此勇敢的行为。”

“我也是。”托斯拉说。

“我很害怕。”恬哈弩以不带感情的声音说，“但我称呼他兄弟，而他称我姐妹。”

“我无法了解你们所说的一切，”巫师说，“我对古语的了解不如你。你能否告诉我们，你们说了些什么？”

她缓缓开口，眼睛朝着龙飞去的西方。随着东方逐渐明亮，遥远的暗红火光亦淡去。“我问，‘你们为什么燃烧王的岛屿？’它说，‘该是我们得回岛屿的时候。’我说，‘至寿者要你们用火焰来取得吗？’它说，‘至寿者凯拉辛与欧姆伊芮安已去到西之西处，乘驭异风。留在世界之风的年轻龙说人类背誓，盗占龙的土地。它们告诉彼此，凯拉辛永远不会回来了，它们再也不愿等待，要将人类赶出所有西方岛屿。’但最近欧姆伊芮安回来了，正在帕恩，我叫它请伊芮安来；它说伊芮安会来找凯拉辛的女儿。”

第三章

人龙会议

THE DRAGON COUNCIL

恬娜未随恬哈弩到码头，只从房间窗户目送船舰启程，载着黎白南与女儿进入黑夜。拒绝同行对恬娜而言十分困难，极端困难，从未有任何要求的恬哈弩乞求恬娜一同前往，她从不哭，也无法哭泣，但呼吸如啜泣哽咽："我不能去，我不能一个人去！妈妈，跟我去！"

"宝贝、心肝，我愿解除你的恐惧，但你难道看不出我做不到吗？我能为你做的仅有如此。我的火焰、我的星辰，王说的没错……只有你，只有你才办得到。"

"但如果你也在，让我知道你在身边……"

"我在，一直在你身边。我若跟去，除了增加负担，有何用处？你们必须快速前进，一路会很辛苦，我只会拖累你们，你也会为我担忧。你不需要我，我对你没有用，你必须学会这点。恬哈弩，你必须离开。”

恬娜转身背向恬哈弩，开始整理女儿的行李，都是寻常衣裳，一双结实的鞋子、一件厚实的斗篷，而非在宫中穿的华服。即使一边整理一边哭泣，她也没让女儿看见。

恬哈弩似乎万般迷惘，因恐惧而僵硬站立。恬娜要她换装时，她乖乖照做；叶耐少尉敲门，询问是否能带领恬哈弩小姐到码头边时，她像哑了的动物般呆视。

“去吧，”恬娜拥抱女儿，碰触覆盖着她半张脸的巨大伤疤，“你是凯拉辛的女儿，也是我的女儿。”

女孩紧抱恬娜良久，松手，一语不发地转身，随叶耐出门。

恬娜独自感觉恬哈弩身体与手臂残留的温热，渐渐化为夜晚空气的冰冷。

她走到窗前，看见码头上的光芒，来去的男子，马匹走在通往水边的陡峭小路，四蹄嗒嗒作响，一艘高耸船舰倚在码头边，是她认识的“海豚”。从窗户向外望，她看见恬哈弩站在码头上，终于上船，牵着一匹原本顽强抗拒的马，黎白南随行在后。她看到绳索抛起，船舰温驯地任由划桨船拖离码头，黑暗中白帆突然散落、绽放，船首灯的光芒在黑暗海面上颤抖，缓缓缩成一滴光亮，消失。

恬娜绕着房间，折起恬哈弩穿过的衣服、丝衬衣与罩裙，捡起凉鞋，贴着脸颊片刻，收起。

她在空旷大床上睁眼躺着，心里一再重复同一幕：一条路，恬哈弩独自行走；一个结，一张网，一团漆黑扭动的纠结物体从天空落下，龙群齐聚飞翔，火焰朝恬哈弩舔噬、流窜，头发着火，衣物燃烧……不，恬娜喊，不要！不会发生！她将思绪硬生生抽离，直到再度看到那条路，恬哈弩独自走着，天空中漆黑、燃烧的纠结逐渐靠近。

第一道天光将房间变成灰色，恬娜终于精疲力竭地睡去，梦见自己在高陵的老法师之屋中，自己家里，返家的欣喜难以言喻。格得让地上积满灰尘，她从门后拿出扫把，清扫闪亮的橡木地板，但屋后出现一扇原本不存在的门，打开后发现一间窄小低矮的房间，里面是漆成白色的石墙。格得蹲在房里，手臂放在膝上，双手无力下垂，头不像人类，又小又黑，还有尖喙，貌似兀鹰，以低弱沙哑的声音说："恬娜，我没有翅膀。"一听此语，怒气及恐惧自恬娜体内狂涌而出，令她惊醒，喘息，她看到阳光照在房中高墙，听到甜美清澈的喇叭声，宣告已是早上第四小时。

阿莓端来早餐，恬娜稍稍进食，并与阿莓聊天。恬娜从黎白南送来的成群女佣与侍女中，选出这名年老仆人。阿莓聪明，能干，出生于黑弗诺岛内陆村落，和她相处，远比与大部分宫廷侍女更为愉快。那些侍女待恬娜和善有礼，却不知如何应对，不知如何跟半是卡耳格女祭司、半是弓忒村妇的人交谈。恬娜明白，侍女能轻易对过于羞怯的恬哈弩表示善意、怜悯，却无法怜悯恬娜。

而阿莓怜悯恬娜，这天早上给了她极大安慰：“王会把恬哈弩安然无恙地带回来。你认为王会让那女孩身陷自己无法解救的危险吗？绝对不会！王绝对不会！”虽然这不一定是真的，但阿莓如此坚信，令恬娜不得不同意，而感受到些许安慰。

恬娜必须做点事，恬哈弩不在，留下的空虚随处皆是。她决心与卡耳格公主谈话，看看公主是否愿意学习赫语，或至少说出名字。

卡耳格大陆人民与赫族不同，他们没有真名，但卡耳格名字与赫族通名一样，通常具有某些意涵，如“玫瑰”“赤杨”“荣誉”“希望”，或是传统名字，袭承祖先之名，人们公开使用此类名字，并自傲于代代相传的古老名字。恬娜离开父母身边时还太小，不明白为何自己被取名为恬娜，但她认为可能是因某个祖母或曾祖母之故。她被认定为阿儿哈、转世无名者时，名字被拿走，之后才由格得交还。她与格得同感，认为这正是自己的真名，但因不是太古词语，也不会赋予任何人控制她的力量，所以她从未隐瞒。

恬娜百思不解公主为何隐瞒自己的名字。侍女只称她为公主、小姐，或主人，而大使则以第一公主、索尔之女、胡珥胡小姐等头衔谈论。如果这可怜女孩只有头衔，也该是有个名字的时候了。

恬娜明白王的贵客不宜在黑弗诺街道独行，但阿莓在宫中有责任在身，她便要求一名仆人陪伴，一名迷人男仆应声随侍。他其实是仆童，年仅十五，但每到路口，便照看她如同步履蹒跚的老太婆。恬娜喜欢行走于城中，她已发现，也自承，去河宫时若无恬哈弩在旁会比较轻松。人们会盯着恬哈弩，别过头，恬哈弩则带着呆板僵硬、备受折磨的自尊前进，痛恨着路人的目光与他们别开的头，恬娜与她一同受苦，甚至更痛苦。

如今她能在街上逗留，看街头表演、市场摊贩、群岛王国各地的脸孔与衣着，偏离直达的路径，让男仆领她到一条街，一座座彩绘拱桥连接屋顶，形成在顶上的通风圆拱屋顶，上面垂吊沉甸甸的红花攀藤，人们会从窗户伸出彩漆竹竿，将鸟笼吊在花朵间，看来像座空中花园。真希望恬哈弩也能看到。恬娜心想，但她不能去想恬哈弩，想她可能身在何处。

河宫跟新宫一般，自赫露女王时便存在，历经五百年。黎白南登基时，建筑已完全颓倾，但他细心重建，令它成为美丽宁静处所，家具不多，地板黑亮，未覆地毯。房内一整面墙由一扇扇落地窗组成，能朝柳树与河川大开，也能让人走到跨越水面的宽广木阳台。宫人告诉恬娜，王最喜欢在此地独处一晚，或与爱人共度良宵，暗示王让公主住在此处，其实别有意味。恬娜则认为王不想与公主共处一个屋檐下，因此直接选了另一处可供她居住之所。但也许宫人说的不无道理。

胄甲光鲜的守卫认出恬娜，让她进门，男仆宣告她的到访，带小男仆去磕干果、闲聊——这似乎是男仆的主要工作。侍女前来迎接，感激有客来访，迫不及待想听王猎杀、抵御龙族之行的最新消息。和盘托出后，恬娜终于得以进入公主的套间。

前两次拜访，恬娜都会在附近侧厅中等待稍时，然后由蒙面女婢带入内室。那是整栋明亮的屋子中唯一的昏暗房间，公主总是站立着，戴着宽檐帽，红纱直垂到地，仿佛从亘古便伫立在此，与建筑合二为一。正如依叶纱夫人所言，真像砖头烟囱。

这次则完全不同。恬娜一进侧厅，便传出尖叫与人群奔逃的声响。公主冲入，疯狂尖喊，环抱恬娜。恬娜身形娇小，而高大、精力充沛的年轻公主，满腔情绪无法宣泄，撞得恬娜站不住脚，公主的强健双臂扶住恬娜。“阿儿哈夫人！阿儿哈夫人！救救我，救救我！”公主正在哭泣。

“公主，怎么了？”

公主泪流满面，或因恐惧、松懈，或两者皆有，在哀叹与乞求中，恬娜只分辨得出与龙及祭品有关的只字词组。

“黑弗诺附近没有龙。”恬娜坚定地说道，脱出公主的环抱，“也没人要当祭品。这是怎么回事？你听到了什么？”

“女婢说龙要来了，他们奉献的不是山羊，是王的女儿。他们是术士，我很害怕。”公主擦擦脸，紧握双手，试图克制恐慌。是真正的、难以控制的恐惧。恬娜可怜公主，但未显露，这女孩必须学习保持仪态尊严。

“那些侍女很无知，又不太懂赫语，无法明白别人说些什么。你更是完全不懂赫语。如果你懂，就知道没什么好怕，你看这房子里有别人又哭又叫、横冲直撞吗？”

公主呆视恬娜。她未戴帽子，未覆面纱，天气炎热，因此只穿轻薄的衬衣洋装。这是恬娜第一次看到公主本人，而非红面纱后的依稀身影，虽然她的眼皮因泪水肿胀，满脸潮红，却仍灿烂高贵，发色金黄，双眸浅金，手臂浑圆，胸脯丰满，腰肢纤细，是一名正值美貌与精力巅峰的女子。

“但他们都不会被当成祭品。”公主终于回道。

“没人会成为祭品。”

“那龙为什么来？”

恬娜深吸一口气：“公主，我们有许多事要详谈。如果你愿意当我是朋友……”

“我愿意。”公主向前一步，大力握住恬娜右臂，“你是我的朋友。我没有别的朋友，我愿为你而死。”

听来荒谬，但恬娜知道这是真话。

她尽可能像女孩握着她那样用力回握，说：“你是我的朋友。告诉我你的名字。”

公主眼睛圆睁，上唇还残留一点鼻涕与浮肿，下唇颤抖，深呼吸一口气，说：“赛瑟菈奇。”

“赛瑟菈奇，我的名字不是阿儿哈，是恬娜。”

“恬娜。”女孩复述，更用力握紧恬娜手臂。

“那么，”恬娜说，试图掌控情况，“我走了很长的一段路，口干舌燥。我们坐下，让我喝点水，然后说说话。”

“好的。”公主像只狩猎母狮跃出房间。内室传来喊叫、高呼及更多奔跑声。一名女奴出现，颤抖地调整面纱，语无伦次地说了某种方言，腔调浓重，恬娜完全无法理解。公主从内室喊道：“用那该死的语言说！”女子可怜地挤出赫语：“坐？喝？夫人？”

在阴暗闷热的房中，面对面摆了两张椅子，赛瑟菈奇站在其中一边。

“如果公主愿意，”恬娜说，“我想坐在外面阴凉处，在水上。”

公主大喊，侍女奔走，椅子放到宽广阳台上，两人并肩坐下。

“这样好多了。”恬娜依然不太习惯说卡耳格语，运用虽无困难，却令她觉得仿佛不是自己，而是别人在说话，一名乐于扮演她这角色的演员。

“你喜欢水？”公主问，脸庞恢复原本的浓奶油色，消肿的眼睛露出的双眸是蓝金色的，或是带有金点的蓝。

“喜欢。你不喜欢吗？”

“我痛恨水。我以前住的地方没有水。”

“沙漠吗？我以前也住沙漠里，直到十六岁。然后跨越海洋，来到西方。我爱水，也爱海洋、河川。”

“噢，海洋。”赛瑟菈奇整个人蜷缩起来，头埋入双掌，“噢，我恨死海洋，恨死了。把灵魂都呕出来了，一次又一次，一天又一天。我再也不想看到海。”她眼神迅速穿过柳枝，射向两人脚下的宁静浅溪。“这条河还好。”她犹疑地说。

侍女端来水壶与杯子，恬娜长饮一口沁凉的水。

“公主，”恬娜说，“我们有很多事得谈。首先，龙还在很远的地方，在西边。王与我女儿已经去与龙谈话了。”

“去跟龙谈话？”

“是的。”恬娜本想多说，却道，“请告诉我，胡珥胡的龙是什么样子？”

恬娜小时，峨团有人告诉过她，胡珥胡有龙。山上有龙，沙漠有匪，胡珥胡既穷又远，除了蛋白石、蓝玉石与柏树木材外，没出什么好东西。

赛瑟菈奇深深叹了口气，泪水涌入眼眶。“想到家令我哭泣。”如此纯粹、直率的情感也令恬娜泪水盈眶。“龙住在山上，离麦斯雷斯两三天路程，上面都是岩石。龙跟人互不侵扰，但每年会下山一次，跟着一条路爬下来。那是条小径，平滑地铺满尘土，自时间之始，龙每年拖着肚子下山，磨出小径。那条路叫作‘龙道’。”公主看恬娜正专注聆听，便继续说，“跨越龙道是禁忌，一步也不能踏上，得从奉献之所南边绕道过去。龙在晚春时开始爬下山，在第五个月的第四天抵达奉献之所，没有一头迟到。来自麦斯雷斯的人及村民都在等待。龙从龙道下来，祭司就开始奉献仪式，就是……峨团没有春日奉献吗？”

恬娜摇摇头。

“我就是害怕这事。奉献可能是活人祭，若年月不顺，就会以公主作为祭品，否则只需普通女孩。但多年来都没这么做了，我还小时，这种祭祀方式就停止了——从父亲击溃别的王开始。那时起，我们只会祭祀一头母山羊及一头绵羊，让血滴到碗里，将脂肪丢入祭祀之火，召唤龙群。而龙群会爬上来，喝血、吃火。”公主暂时闭起眼睛，恬娜亦然。“然后它们回山上去，我们则返回麦斯雷斯。”

“龙约有多大？”

赛瑟菈奇双手比出约一英尺远：“有些更大。”

“不会飞？也不会说话？”

“不会，它们的翅膀只是小肉瘤。它们发出某种嘶叫。动物不会说话。但龙是神圣的动物，是生命的象征，因火是生命，而龙吃火，还会吐火，也因它们会来参与春日奉献。即使没有人去，龙也会在那里聚集。我们去那里，是因为龙去那里。每次奉献开始前，祭司都会告诉我们这点。”

恬娜花了一段时间吸收。“在这里的龙，很大。巨大。”她说，“而且会飞。它们是动物，但会说话；是神圣的，也很危险。”

“嗯，”公主接道，“龙也许只是动物，但比那些该死的术士更像我们。”

公主随口吐出“该死的术士”一词，没有特别强调。恬娜记得孩提时就听过这词，意指“黑族”，即群岛王国的赫族。

“为什么？”

“因为龙会重生！像所有动物一样，像我们。”赛瑟菈奇以直率的好奇看着恬娜，“我以为既然你是最神圣的陵墓地女祭司，你会比我更了解。”

“但峨团没有龙。”恬娜说，“我从未学习过任何与龙有关的事物。朋友，请你告诉我。”

“我试试。这是冬天的故事，虽然现在是夏天，但说了应该无妨，反正这里一切都不对劲。”公主叹口气，“嗯，在一切之始，在最初，所有民族与动物都一样，我们都做同样的事。我们学会如何死亡，学会如何重生，也许转世为同一种族，或成为另一种族，这都没关系，因为人会再死、再生，早晚所有种类会轮过一遍。”

恬娜点点头。到此为止，这故事听来熟悉。

“但重生时最好的，是成为人或龙，因为这两者是神圣的。努力遵守戒律，不打破禁忌，便较可能再当回人，或至少能当龙，如果这里的龙会说话，又很大，那我可以明白为什么这是种奖励。变成我家乡那种龙，一直让人觉得没什么好期待。

“但这故事是有关该死的术士发现‘夫都南’的事情。‘夫都南’是某种东西，但我不知道是什么，它告诉某些人，如果同意永远不死，永远不重生，就可以学习如何使用术法。所以某些人选择如此，选择夫都南，带着夫都南往西边去，他们因此变黑了，住在这里。这里的人……是选择夫都南的人，活着，也施行该死的术法，但他们不能死，只有躯体会死，剩下的部分则留在一个黑暗的地方，永远无法重生。而且他们看起来像鸟，但不会飞。”

“的确。”恬娜悄声道。

“你在峨团没学过这些吗？”

“没有。”恬娜说。

恬娜正忆起楷魅之妇告诉欧吉安的故事：在时间之始，人龙同族，但龙选择野性及自由，人选择财富与力量。选择，分离，这是同一个故事吗？

但恬娜心中的影像是格得蹲在石屋中，头又小，又黑，又有喙……

“夫都南是不是那个环？他们一直在谈，说我要戴的环？”

恬娜试图将思绪自彩绘室及昨晚梦境抽离，回到赛瑟菈奇的问题。

“环？”

“厄尔萨比之环。”

“是厄瑞亚拜。不，那是和平之环，若你成为黎白南王的王后，你就能戴。若果真如此，你算是个幸运的女人。”

赛瑟菈奇的表情很奇特，非暗怒或讥讽，而是绝望，半带幽默、耐性，那是比她大几十岁的女人才会有的表情。“这一点也不好运，我亲爱的朋友恬娜。我必须嫁给他，如此一来我将会消失。”

“为什么你嫁给黎白南就会消失？”

“如果我嫁给他，就必须把姓名给他。如果他说了我的名字，便能偷走我的灵魂，该死的术士都这样，所以他们藏起自己的名字。如果他偷走我的灵魂，我就无法死亡，必须永远没有躯体地活着，像不能飞的鸟儿，永远不能重生。”

“所以你隐藏名字？”

“我把名字交给了你，朋友。”

“我很荣幸得到这份赐礼，朋友。”恬娜激切说道，“但在这里，你可以向任何人说出你的名字，无人能以此偷窃你的灵魂。相信我，赛瑟菈奇。你也能信任黎白南，他没有……他不会伤害你。”

女孩抓到了恬娜的迟疑：“但他希望他能。吾友恬娜，我知道我在这里是什么。在家父所在的大城阿瓦巴斯，我是个愚蠢无知的沙漠女人，是个非雅加。城里女人，那些抛头露面的娼妇，一看到我便交头接耳地讥笑，指指点点。这里更糟，我无法理解任何人，他们也无法理解我，而一切，一切都不同！我甚至不知道哪些东西是食物，那些术士食物让我头晕；我不知道禁忌是什么，这里没有祭司可以询问，只有术士女子，皮肤黑，还抛头露面。我看到他看我的方式，隔着非雅还是看得到外面！我看到他的脸，非常英俊，看来像战士，但是个黑术士，而且他很恨我。别说他不会，我知道他恨我。我想，他一知道我的名字，便会将我的灵魂永远送到那里。”

恬娜望着在缓流水面上摆拂的柳枝，哀伤疲累，良久才道：“公主，你该学习如何让黎白南喜欢你，否则你还能怎么办？”

赛瑟菈奇悲哀地耸耸肩。

“如果你能听懂他说些什么，会有帮助。”

“巴嘎巴，巴嘎巴，他们说的话听起来就像这样。”

“他们听我们讲话也像这样。好了，公主，如果你只会对他说巴嘎巴，巴嘎巴，他怎会喜欢你？你看。”恬娜举起一只手，用另一只手指着，先以卡耳格语说一个词，再以赫语说。

赛瑟菈奇乖顺地重复，学会几个身体部位后，突然意会到翻译的潜力，坐直身子问：“术士怎么说‘王’？”

“阿格尼，这是太古语的一个词，我丈夫这么告诉我的。”

恬娜说完，发现提起第三种证言实在愚蠢，但引起公主注意的不是这点。

“你有丈夫？”赛瑟菈奇明亮、狮子般的眼睛盯视恬娜，大笑出声。“喔，多棒啊！我以为你是女祭司！拜托你，朋友，说说他的事！他是战士吗？他英俊吗？你爱他吗？”

王启程猎龙后，赤杨不知该做什么，觉得自己毫无用处，毫无理由留在宫里受王赐食，只会不断带来麻烦。他无法整天坐在房里，便到街上，但城市的宏伟与活力令他畏惧，更因没钱没目标，只能走到累为止，回到马哈仁安宫时都会想守卫是否会再次放行。只有在花园，才能勉强得到平静。他原本希望能再次遇见罗迪，但那孩子没再出现。或许这样也好，赤杨觉得不该与别人说话，免得从冥界向他伸出的双手，也会伸向他人。

王离去后第三天，赤杨下楼到花园池塘边散步。白天天气炎热，夜晚空气静滞、闷灼，他带着小拖，让小猫自由在树丛下追踪昆虫，自己则坐在大柳树附近的长椅，看水中肥胖鲤鱼闪动银绿光泽。他寂寞沮丧，抵抗声音及双手的防御正渐渐瓦解。在这里究竟有什么用？为什么不干脆进到梦里，一了百了，下到山底，就此结束？世上没有人会为他哀伤，他的死会让别人免受他带来的病态侵害。光是龙就一定让他们忙不过来。如果他去那里，也许看得到百合。

如果死了，他与百合便无法碰触彼此。巫师说，他们甚至不会想这么做，亡者会忘记活着是什么样子。但百合向他伸出了手。在最初的短暂片刻，也许两人会记得足够的生命，能看着对方、看到对方，即便无法碰触。

“赤杨。”

赤杨缓缓抬头看着站在身边的女子，娇小的灰发女子恬娜。他看到她表情中的关切，却不知她为何烦忧。赤杨想起她女儿，烧伤女孩跟王同去，也许来了坏消息，也许他们都死了。

“赤杨，你不适吗？”恬娜问。

赤杨摇摇头。说话很困难，他如今知道在另外那片土地，不用说话会是多么轻松。不用看着别人的眼睛，不用烦忧。

恬娜坐在赤杨身旁的长椅，说：“你看来心事重重。”

赤杨随手比个手势，表示没事、不打紧。

“你原本待在弓忒，跟我丈夫雀鹰在一起是吗？他怎么样？有好好照顾自己吗？”

“有的。”赤杨道，稍后，试图更有礼地回答，“他是最善良的主人。”

“听你这么说，我真高兴。”恬娜说道，“我担心雀鹰，他跟我一样会打理家事，但我不喜欢留他一人……能不能请你告诉我，你在那里时，他做些什么？”

赤杨告诉恬娜，雀鹰摘了李子卖，两人修补围篱，雀鹰协助他睡眠。

恬娜专心、认真聆听，仿佛这些琐事跟三天前谈论诸如死者召唤活人、女孩变成龙、龙焚烧西方之岛等奇闻异事一般重要。

赤杨的确不清楚究竟什么事较有分量，是伟大的奇异事件，或是微小平凡琐事？

“我希望能回家。”恬娜说。

“我也是，但这只是空想。我想我再也无法回家了。”赤杨不知自己为何这么说，但一出口，便知这是事实。

恬娜沉静的灰色双眸凝视片刻，没发问。

“我希望女儿能和我一起回家。”恬娜说，“但希望只是希望。我知道她必须前进，但不知道她会去哪里。”

“能否告诉我，她有什么样的天赋，是什么样的女子，让王向她请益，还带着她去见龙？”

“噢，如果知道她是什么，我会告诉你的。”恬娜的声音充满哀伤、爱与苦闷，“你可能已经猜到，或早已明白，她不是我的亲生女儿。她还小时，来到我身边，从火中被救出来，差一点就死了，但也永远无法完全愈合。雀鹰回到我身旁，她也成为雀鹰之女。她召唤人称至寿者的龙凯拉辛，让我和雀鹰免遭惨杀，而龙也称她为女儿。她是许多人的女儿，却也不是任何人的；受过无尽痛苦，却从火焰中获救。我可能永远无法知道她究竟是谁，但我希望她现在就在这里，安全地跟我在一起。”

赤杨想安慰恬娜，但自己心情太沉重。

“赤杨，谈谈你妻子。”

“我办不到。”良久，赤杨对两人间如此轻易形成的沉默吐露，“恬娜夫人，如果我说得出，一定照办。今晚我心情很沉重，更有对未来的忧虑与恐惧，我试着想念百合，却只有那片无尽绵延的黑暗沙漠，在那里看不到她。有关她的一切记忆，就像清水与空气一样重要，却都进入旱域。我一无所有。”

“很抱歉。”恬娜悄声道。两人继续静坐。暮色渐深，空气静止，非常温暖，宫内灯火映透圆弧的窗扇及纹风不动的浓密垂柳。

“发生了某件事，”恬娜说，“世界正经历极大改变。也许我们所知的一切都将消失。”

赤杨抬头看着渐暗天色，王宫高塔清晰可见，浅白的大理石与雪花石膏捕捉西方余光。他寻找安在至高塔顶的宝剑，发现它正散出微弱银光。“看！”赤杨喊。剑尖亮着一颗星子，宛若钻石或水滴，在两人注视下，星辰自剑尖脱离，笔直上升。

宫内或宫墙外传来骚动，号角鸣响，有人锐声发出命令。

“他们回来了。”恬娜说着站起身。一阵兴奋潜入空气，赤杨也随之站起。恬娜快步走回王宫，从里面可看到码头。赤杨带小拖进屋前，再次抬头看着如今微弱闪烁的宝剑，以及明亮照耀其上的星星。

“海豚”在无风夏夜航入港口，船身急切前倾，法术风涨满船帆。宫里无人预料到王会这么早返回，但王抵达时，一切井然有序，严阵以待。码头挤满迎接的朝臣、未值班的兵士以及镇民、歌谣作家与琴师，等着听王诉说如何打败龙族，好撰写新歌谣。

他们全都失望了。王一行人直朝王宫前进，船上守卫和水手只说：“他们从欧内法沙滩入山，两天后便返回。巫师送来传讯鸟，当时我们在海湾峡门，原本预计去南港迎接。返回时，就看到他们毫发无伤地站在河口等待。但我们看到南法力恩森林失火的浓烟。”

恬娜挤在码头人群中，恬哈弩直直走来，两人紧紧拥抱。但穿过灯火及欢欣鼓舞的声响，走在街道上时，恬娜依然心想：已经改变了。她改变了，再也不会回家去。

黎白南走在士兵间，全身充满紧张感与精力，显得尊贵，宛如战士，灿烂无比。人民看着他，呼喊："厄瑞亚拜！莫瑞德之子！"在宫前阶梯，他转身面向人群。必要时，他的嗓音能变得强劲无比，如今响亮地制服所有喧哗："黑弗诺子民，听我说！弓忒之女代表我们与龙族首领谈话，缔结和平。龙将来访。一头龙将会来此，来到黑弗诺城，来到马哈仁安宫。不是前来摧毁，而是前来议和。人族与龙族相谈的时刻到了，所以，听我说，龙来临时，不要害怕，不要攻击，不要逃跑，以和平之符迎接，像迎接来自远方的王公般，不要恐惧。厄瑞亚拜之剑、叶芙阮之环与莫瑞德之名庇佑我们。我以真名向你们承诺，只要活着一天，就会保卫这座城市与这片国土！"

众人屏息聆听。黎白南语毕，转身大步进入宫殿后，爆出一阵欢呼与大喊。"我觉得先提醒一下比较好。"黎白南以惯常的沉静语调对恬哈弩说，她点点头。黎白南以伙伴相待，她也同样回应，恬娜与附近的朝臣都看到这幕。

黎白南命令在隔天早上第四小时召开议会，众人散去，但他拉住恬娜，任恬哈弩先行离去。“恬哈弩保护了我们。”黎白南说。

“只有她？”

“别为她担忧，她是龙的女儿、龙的姊妹。她能去我们到不了的地方。别为她担忧。”

恬娜垂首表示接受：“我感谢你，将她安全带回给我。虽然她只是暂时回到我身旁。”

两人站在通往王宫西殿的走廊，远离众人。恬娜抬头看着王，道：“我最近在跟公主谈龙的事。”

“公主。”黎白南茫然念道。

“她有个名字，但我不能告诉你，她认为你会以此摧毁她的灵魂。”

黎白南皱起眉头。

“胡珥胡有龙。公主说，它们小而无翅，也不会说话，但它们是神圣的，是死亡与重生的神圣象征及承诺。这让我想起，我族人死后，不会去你们一族去的地方。赤杨所说的旱域，不是我族人，如公主、我，或龙去的地方。”

黎白南的表情从警戒保留转为专注，低声问：“格得给恬哈弩的问题……这就是答案吗？”

“我只知公主告诉或提醒我的事，今晚我会跟恬哈弩讨论。”

王皱眉思索，而后舒展眉头，弯身亲吻恬娜脸颊，祝她晚安，踏步离去。恬娜望着他的身影。王融化她的心，令她目眩，但她却不盲目。他还是害怕公主，恬娜心想。

王座厅是马哈仁安宫最古老的房间，曾属于海生格玛，他在黑弗诺登基，是伊瑞安家系的王子，之后的赫露女王及其子马哈仁安均出自他的血脉。《黑弗诺叙事诗》写道：

百名战士，百名女子

端坐于海生格玛之厅

王之桌，言谈高洁

黑弗诺之潇洒慷慨贵胄

至勇战士，至美女子

格玛的后裔在大厅周围建造更雄伟的王宫，耗时百余年，之后赫露及马哈仁安增建石膏塔、女王塔、古剑之塔。

宫殿与高塔依然安在，虽然黑弗诺人民自马哈仁安死后百年，犹坚持称之为新宫，但黎白南继位时，宫殿已老旧，近半颓圮。他几乎完全重建，造得更富丽堂皇。内环诸岛商人如此喜悦再度有王与法令保障贸易，主动增加赋税，让王有更多钱整修。黎白南统治的头几年，完全没有商人抱怨税赋摧毁事业，让子孙贫苦潦倒，新宫因而再度簇新华美。重建梁柱屋顶，粉刷石墙，磨光狭长高挑的窗户后，黎白南保留王座厅原本的简朴。

历经短暂的伪朝与暴君、篡位者、海盗王横行的黑暗年代，历经时间与野心的侮辱，王座置于狭长房间末端。一张高背木椅，摆放在朴素平台上，曾以金片包裹，如今已脱落，小金钉子挖出时，在木材上留下裂痕，丝垫与壁挂早已遭窃，或被蛾、鼠与霉摧毁殆尽，只有所在位置及椅背上轻刻出的英拉德家系徽章——飞翔苍鹭衔着一段山梨枝——说明这是王座。

八百年前，该家系诸王从英拉德岛来到黑弗诺。他们说，莫瑞德的至尊宝座在哪儿，王国就在哪儿。

黎白南命人清理王座，替换腐朽木块，将椅子上油、打磨，直到恢复原有的深暗光泽，却未加上彩绘、金箔或装饰。某些富商前来欣赏自己捐款打造的昂贵王宫时，对王座厅及王座多有抱怨："简直是座谷仓嘛！"或说，"那是莫瑞德的至尊王座，还是老旧的农夫椅啊？"

据说，王对此回复："没有喂养人民的谷仓与种植禾稼的农夫，哪来的王国？"还有一说，王答，"我的王国是金箔及丝绒的虚壳，抑或依凭木头及岩石而立？"也有人说，王未回答，只说喜欢这个样子。既是王的尊臀坐在硬椅板上，这事也就由不得那些评论者来决定了。

在笼罩着夏末海雾的凉爽清晨中，议会成员鱼贯进入气氛严肃的挑高大厅，计有九十一名男女，若全数到齐，则该有百名。成员由王亲自挑选，有内环诸岛尊贵家系的代表，均是对王宣示效忠的诸侯；有些代表群岛王国中其余岛屿及区域的利益；还有些人，王认定或希望他们是有用且值得信赖的咨政；来自黑弗诺、伊亚海与内极海各大港口的商人、船运商、金融商，华贵地包裹在刻意的严肃表情与暗色丝绸长袍中；公会的师父级人物，善观辞色，精明敏锐，皆是谈判高手，其中最引人注目的便是欧司可岛矿工领袖，一名淡色眼眸、双手厚茧的女子；亦有黑曜一般的柔克巫师，身着灰斗篷，手拿木巫杖，还有名帕恩巫师，人称塞波师父，未持巫杖，言谈和蔼，却让人退避三舍；有来自采邑及侯国的老少贵族女子，穿着洛拔纳瑞丝绸，戴着沙岛出产的珍珠；还有两名女岛长，身体结实，衣着朴素，神情高贵，一名来自易飞墟，另一名来自扣儿圃，为东陲人民发言；亦有诗人、来自伊亚岛及英拉德岛古老学院之学者，还有几名战舰与皇家船舰的船长。

这些都是王挑选的议员，每两年或三年，王会邀其留任，或以感谢及荣耀送其返家，另选他人。王与议员讨论所有法律、赋税，及需要王处理的判决，听取建议。议员会对王的提案举行投票，多数人同意后，才能通过执行。有人说议会只是王的宠物及傀儡，若在另一人统治下，的确可能。只要黎白南强力争取，多半能获得议会同意，但他经常不表意见，让议会自行决定。许多议员发现，若有充分立论支持，清晰条理表达，便极可能动摇他人，甚至说服王。因此，议会各派系及不同团体间的讨论，经常引发热烈争议，在几次全员议会中，甚至会与王对立、争论，投票否决王的提案。黎白南善于外交，政治手腕却平平。

黎白南发现议会能提供极佳意见，而有权者逐渐尊重议会；平凡百姓则甚少关切议会，希望及注意力都集中于王本身。上千首叙事诗与歌谣讲述莫瑞德之子，是骑龙从冥界返回光明之岸的王子，是索拉之役的英雄，挥舞瑟利耳之剑，又名山梨树、英拉德岛之高楞木，以和平符文统治，广受爱戴。相较之下，要以议会争议船运税为题吟诗作赋，就困难得多。

未受歌颂的议员鱼贯进入，坐在铺有软垫的长椅上，面对硬木板王座。王进入时，全体起立，弓忒之女走在王身旁，由于大多数人都见过她，她的外表未引起太大骚动，此外，还有个穿着褴褛黑衣的矮小男子。“似乎是个村野术士。”柯梅瑞商人对威岛船商说，后者语带无奈，宽容地答：“应该没错。”王广受议员爱戴，少数人即便不爱戴，也至少喜欢他。他毕竟将权力交予他们手中，因此尽管他们不觉得有义务因此感激他，至少都会尊重他的决定。

年老的伊比亚夫人迟来，连忙进入，主持的赛智亲王请议员坐下。众人坐定，赛智说：“静听王宣旨。”众人聆听。

王告诉议员，龙如何攻击西黑弗诺，以及自己如何与弓忒之女恬哈弩出发去与龙族议和。这是许多人首次听闻此事真况。

王首先叙述龙族早先攻击西方诸岛，简述黑曜所说女孩在柔克圆丘上变身成龙的故事，并提醒议员，环之恬娜、前柔克大法师及驮载王离开偕勒多的龙凯拉辛，都宣告恬哈弩是他们的女儿。这一切吊足议员的胃口。

终于，王说出三天前的清晨，在法力恩山脉隘口发生的事。

王最后说："那龙带着恬哈弩的讯息，去找目前正在帕恩的奥姆伊芮安，而她必须飞越三百多英里才能抵达。但龙比任何有法术风协助的船只更快，奥姆伊芮安随时可能到访。"

赛智亲王首先提问，知道王会乐于回答："主上，您与龙族议和，希望从中得到什么？"

王立即答道："我们能得到的，绝对胜于与之相斗。若有任何龙愠怒前来，我们将无法相抗，要承认这点或许让人有些不情愿，却是事实。智者告诉我们，也许有个地方可以抵御龙，那便是柔克岛；只有在柔克，也许有人可以面对一只龙的怒火而不受摧毁。因此，我们必须了解龙族为何发怒，解决缘由，平息它们的怒气。"

"龙族是动物，"老飞克威领主说，"人无法与动物说理谈和。"

"难道我们没有杀死巨龙的厄瑞亚拜之剑吗？"一名年轻议员大喊。

另一名议员立刻响应："又是谁杀死了厄瑞亚拜？"

议会中的争论经常十分嘈杂，但赛智亲王严格控制，不让任何人打断他人发言，或令发言超过沙漏一转的两分钟。亲王的镶银仪杖会往地上重重一击，打断胡言乱语和言不及意，喊出下一名发言者。议员快速讨论，来往呼喊，所有该说的、不该说的，都说出口，反驳，再次争论，多数人认为该准备迎战龙族，将之击溃。

“皇家舰队上的弓箭手就足以把龙像鸭子一样射下！”一名瓦梭的热血商人喊道。

“难道我们要在毫无智慧的野兽面前卑躬屈膝吗？难道我们之间没有英雄了吗？”尊贵的偶托克尼夫人质问。

一闻此语，黑曜锐声回答：“毫无智慧？龙能说创生语，而创生语承袭我们所有智慧与力量。若龙是野兽，我们亦然。人类只是会说话的动物。”

一名年老、见多识广的船长说：“那么巫师不就该与龙沟通？既然你们通晓龙族语言，还分享了龙的力量？王谈到一名年轻、未受教导的女孩变身为龙，法师不也能随意变换形体？柔克师父难道无法与龙沟通，甚至在必要时旗鼓相当地与其战斗？”

帕恩巫师起身，身形矮小，声音轻柔。“船长，变形就是成为别的形体，”巫师礼貌地说，“法师可以将外表变得像龙，但真正的变形是危险技艺。尤其是现在，在巨变中的小变化，有如以吐气对抗狂风吹拂……但我们之中有人不需使用任何技艺，却比任何人都更能与龙族沟通。只要她愿为我们发言。”

听到这句话，坐在王座脚边长椅上的恬哈弩站起，说：“我愿意。”而后坐下。

这句话让争论稍歇，旋即再度爆发。

王静听，没说话，想了解子民的性情。

古剑之塔上的银喇叭甜美地四度吹响，奏出整首乐曲，告知第六小时到了，已是正午。王起身，赛智亲王宣布休息直到午后第一小时。

赫露女王塔中房里摆着午餐，有新鲜乳酪与夏季鲜果。黎白南邀请恬哈弩、恬娜、赤杨、赛智及黑曜相陪。黑曜获得王首肯后，领帕恩巫师塞波一同入席。众人同桌共食，安静少言。向窗外看去，是整面海湾及北海岸线，此时这景致正逐渐消失在泛蓝迷雾中，不知是晨雾的残余，还是西方森林大火的浓烟。

赤杨依然摸不着头脑，为何自己会被视为王的亲信，参与议会？他与龙有何关连？他无法与之相斗，亦无法与之交谈，如此巨伟生物在他心里既伟大又奇异，议员的夸耀与叫嚣在他听来不过是犬吠。他曾见一只小狗，在海滩上对着大海一再大吠，向后退的海波奋冲狂咬，却在浪花前转身逃跑，湿淋淋的尾巴夹在双腿间。

但赤杨很高兴能与恬娜同处，这令他感觉自在，他喜爱她的善良勇敢，也发现自己与恬哈弩相处同样轻松。

半毁的容貌让恬哈弩仿佛拥有两张脸，赤杨一次只能看到一面，无法同时看见，但习惯之后便不会感到惴惴。母亲的脸也半掩在酒红色胎记下，恬哈弩的脸让他想起母亲。

与之前相较，恬哈弩显得没那么坐立不安或忧烦。她安静坐着，几次害羞地如对伙伴般向身旁的赤杨说话。赤杨觉得恬哈弩与自己一样，不是自愿在此，而是因为必然的选择，受驱策走上不明的道路，也许两人的道路朝向同一方向，或至少暂时如此。这念头给了赤杨勇气，虽然他只知道必须完成某件事，某件已经开始的事，但他觉得无论任务为何，与恬哈弩分担比独力来得好。或许她也因为同样的寂寞，而受赤杨吸引。

但两人未谈及如此深奥的话题。“我爸爸给了你一只小猫。”众人离开餐桌时，恬哈弩对赤杨说道，“是蘑丝阿姨的猫吗？”

赤杨点点头。恬哈弩又问："灰色那只？"

"是。"

"那是整窝中最好的猫。"

"它在这里愈住愈胖了。"

恬哈弩迟疑片刻，胆怯说道："我想，它是公猫。"

赤杨察觉自己在微笑："它是个好友伴。一名水手为他起名小拖。"

"小拖。"恬哈弩复念，神情显得满意。

"恬哈弩，"王在深广窗台边与恬娜同坐，唤道，"我今天在议会中没有请你讲述雀鹰大人询问的问题，时机不对。你觉得现在的场合可以说了吗？"

赤杨看着恬哈弩，她没有直接回答，思索了一阵，向母亲瞥了一眼，但恬娜不欲回应。

"我宁愿在这里对你说。"恬哈弩以沙哑声音说道，"或许也对胡珥胡公主说。"

短暂静默后，王和善地问："要我请公主来吗？"

"不，我能去看她。过一阵子。我真的没什么能说的。爸爸问死后有谁会去旱域？妈妈跟我谈过，我们想，人会去，但动物会去吗？鸟在那里飞翔吗？那里有树吗？草会长吗？赤杨，你看过那里。”

赤杨陡然一惊，只能说：“在……在墙这端有草，但似乎都枯死了。墙那端我不清楚。”

恬哈弩看向王：“陛下，你跨越了那片土地。”

“我没看到野兽、飞鸟，或生长的植物。”

赤杨再度开口：“雀鹰大人说过，只有灰尘、岩石。”

“我想，只有人类死后才会去那里，”恬哈弩道，“但不是所有人。”她再度望向母亲，未转开脸。

恬娜开口：“卡耳格人跟动物一样，”声音干涩，不露一丝情感，“死后便能重生。”

“那是迷信。”黑曜说，“原谅我，恬娜夫人，但您自己……”他停语。

“我已不再相信他们对我说的，说我是或曾是永远重生的阿儿哈，唯一不断重生，永生不朽的灵魂。”恬娜说，“但我相信自己死后会跟所有凡人一般，重新融回世界的大生命体，一如草、树、动物。人类只是会说话的动物，先生，就像你今早说的那样。”

“但我们会说创生语。”巫师抗辩，“我们学会兮果乙创世的语言，生命的语言；我们教导自己的灵魂该如何征服死亡。”

“那个只有灰尘与阴影的地方，就是你所谓的征服吗？”恬娜的声音不再干涩，眼神精光逼人。

黑曜愤慨，却只能无言站立。

王介入两人之间。“雀鹰大人问了第二个问题：龙能跨越石墙吗？”他看着恬哈弩。

“前一个问题的答案亦可回答。”恬哈弩道，“如果龙是唯一会说话的动物，而动物不会去那里。法师在那里见过龙吗？陛下见过？”她先看着黑曜，然后看看黎白南。黑曜思索片刻后便答：“没有。”

王神色讶异：“我怎么从来没想到这点？没有，我们没看到。我想那里没有龙。”

“陛下！”赤杨发话，自从来到王宫，从未如此大声说话，“那里有头龙。”他面窗而站，指向窗外。

众人一同转身。在黑弗诺湾上空，一头龙自西方飞来，身形修长，缓慢拍击，布满长羽的翅膀闪耀泛红金光。迷蒙夏空中，一缕烟短促飘在身后。

王道："我该为这位贵客准备哪间客房？"

王似乎语带戏谑，抑或迷惘。但一看到龙转向，朝古剑之塔飞来，他立刻跑出房间，跑下楼梯，越过了大厅及门口被惊吓到的卫兵，首先抵达白塔下的阳台。

阳台是间宴会厅的屋顶，宽阔大理石四周以低栏围住，古剑之塔凌驾于上，女王塔矗立在不远处。王出现时，龙刚降落，收折双翼，发出金属般的敲击巨响，在降落之处的大理石上留下深刻爪印。

修长、铺满金色鳞甲的头转过来，龙看着王。

王低下头，未直视龙的双眼。但他站直了身体，清晰说道："奥姆伊芮安，欢迎。我是黎白南。"

"阿格尼·黎白南。"声音响亮嘶道，一如奥姆安霸在极西之处称呼尚未继位的他。

身后，黑曜、恬哈弩与几名士兵一同跑上阳台。一名士兵抽出长剑，黎白南也看到女王塔上一扇窗中，另一名士兵举着满张弓箭，正对龙的胸膛。"放下武器！"王喊道，声音在高塔间回响，守卫照办，慌乱得几乎掉了长剑，但弓箭手迟疑地放下满弓，不愿让王毫无抵御能力。

“玫迪幽。”恬哈弩悄唤，上前一步站在黎白南身旁，眼光坚定地看着龙。巨龙的头再度转过，那只皱纹满布、鳞甲闪烁眼眶中的巨大琥珀色眼睛，眨也不眨地回视着她。

龙开口。

黑曜对王低喃龙与恬哈弩的对话。“凯拉辛之女，我的姊妹，”龙道，“你没有飞翔。”

“姊妹，我无法变身。”恬哈弩道。

“我应该变吗？”

“若你愿意，请暂时变身。”

在阳台上及从高塔窗户向外望的众人，即便久居于法术与奇景间，也从未看到过这般奇景。他们看到巨硕的龙，有着鳞甲覆盖的肚子，一条拖曳过半个阳台长、荆棘遍生的尾巴，长有红角的头举起时，有王的两倍高……巨头俯低，全身颤抖，双翅如铙钹敲击作响，一团水雾而非烟雾自深黑鼻孔喷出，包裹全身，茫如薄雾或花白玻璃，而后消失。正午太阳照耀在烧焦、刻毁、雪白的地板上，没有龙，只有一名女子，站在离恬哈弩及王十步远处。女子的位置，原本该是龙的心脏。

女子年轻，高大，身材结实，皮肤黝黑，头发乌黑，身着农妇的衬衣与长裤，裸足。她毫无动静地站着，仿佛不知所措，低下头看着身体，抬起手观察。“这么小的东西！”女子以通用语说道，笑了，看着恬哈弩，说，“感觉像穿上五岁时的鞋子。”

两名女子走向彼此，庄重行礼，仿佛武装战士相互致敬，或两艘在海上相遇的船舰。两人相拥，轻轻搂抱，长达数刻。分开后，一同转身面向王。

“伊芮安女士。”王招呼，鞠躬。

女子有些不知所措，约略行个村妇的礼。抬起头时，王看到她的双眼是琥珀色的，立刻掉转过头。

“我现在的形貌不会伤害你，”女子说，露出大大微笑，牙齿雪白，“陛下。”她不自在地加道，试着表现礼貌。

王再度鞠躬，如今手足无措的人是他。他看着恬哈弩，然后转过头看向与赤杨一同走上阳台的恬娜。无人说话。

伊芮安的眼光投向身着灰色斗篷，立于王身后的黑曜，脸庞再度亮起。“先生，”她问，“你从柔克岛来吗？你认得形意师父吗？”

黑曜鞠躬，点点头，亦不直视伊芮安。

“他还好吗？还是在林间行走吗？”

巫师再度鞠躬。

“那么，守门师父、药草师父与坷瑞卡墨瑞坷呢？他们是我的朋友，支持我。如果你回到柔克，如果你愿意，请代我向三位致上钟爱与崇敬。”

“我会的。”巫师说。

“我妈妈也在这里。”恬哈弩轻轻对伊芮安说，“峨团之恬娜。”

“弓忒之恬娜。”黎白南以特殊的响亮语调说道。

伊芮安毫不隐瞒对恬娜的好奇，问：“是你跟大法师把符文之环从白发番那里带回的吗？”

“是的。”恬娜说，以同样的直率看着伊芮安。

在众人头顶，围绕古剑之塔塔顶的阳台上起了某种骚动。喇叭手出现，准备报时，但此刻四人都聚集在与阳台同方向的南面，低头看龙。城堡高塔中的每扇窗户都是脸，街道人声鼎沸，一如汹涌波涛。

“喇叭手奏报第一小时后，”黎白南说，“议会将再度开议。女士，议员已看到或听说你来临。如果你愿意，我们最好直接进去，让他们瞻仰你。如果你愿意对他们说话，我可以保证他们会聆听。”

“很好。”伊芮安说。在这片刻，她显露出龙族的沉重漠然，一旦走动，却立刻消失，看来只是个脚步笨拙的高大年轻女子。她微笑着对恬哈弩道：“我好像会如火花飞起，整个人仿佛毫无重量！”

高塔上四支喇叭分向西、北、东、南吹奏，每段歌谣都是五百年前一位王为挚友而写的挽歌。

片刻，黎白南忆起厄瑞亚拜的脸：眼光深暗、哀伤，身负重伤，站在偕勒多海滩上，站在杀死自己的龙之骨骸间。黎白南不解为何此时此刻想起如此遥远的事物，却又不讶异，因为生者与死者、人族与龙族，正聚集，朝自己看不见的事件前进。

黎白南停步，直到伊芮安及恬哈弩上前。一同走入王宫时，他说：“伊芮安女士，我想请教许多事，但我的子民所害怕，以及议会想知道的是，你的族人是否打算攻击我们？为何攻击？”

伊芮安点点头，强劲、果决：“我会说出所知一切。”

一行人来到高台后由垂帘遮隐的门口，厅内正一片混乱，呼声震天，几乎隐没赛智亲王敲击仪仗的声响。然后沉默突然降临，议会全体转身看着王与龙进门。

黎白南未就坐，站在王座前，伊芮安站在左侧。

“聆听王宣旨。”赛智对着死寂宣布。

王开口：“诸位，这一日将被长久传诵与歌颂！诸位后裔将会说，‘我是人龙议会一员的子孙！’尊崇她，一如她的到来尊崇我们。聆听奥姆伊芮安！”

之后，有些出席议会的人说，若直视伊芮安，她看来只是个静立的高大女子，但若别过头，则会从眼角瞄到一片金色浓雾，笼罩王与王座。许多人知道不能直视龙的双眼，所以别过了头，但依然偷偷窥伺。女人看着伊芮安，或觉她外表平庸，或觉美丽，有人则同情她必须在宫中裸足行走。还有几名议员尚未进入状况，依然在想这名女子是谁、龙何时会到。

伊芮安发话，一室沉默，她嗓音一如多数女子清丽，却轻易在大厅回响，她缓慢而正式地开口，仿佛脑中正翻译古老语言。

“我的真名曾是伊芮安，来自威岛的旧伊芮亚领地，如今则是奥姆伊芮安，至寿者凯拉辛唤我为女。我是王的旧识奥姆安霸的姊妹、奥姆的子孙，正是奥姆杀死王的友伴厄瑞亚拜，也遭其所弑。我今天在这里，是因为姊妹恬哈弩呼唤我。

“奥姆安霸死于偕勒多，摧毁巫师喀布的肉身，凯拉辛从西之彼方前去，将王与大法师带回柔克。回返龙居诸屿后，至寿者召唤西方子民，他们的语言均遭喀布剥夺，神志尚未清晰。凯拉辛对他们说，‘你们允许邪恶将你们变得邪恶，曾经疯狂。你们虽已恢复神志，但只要风从东方吹来，就再也无法恢复如初，超然于善恶之外。’

“凯拉辛说，‘很久以前，我们选择。我们选择自由，人选择重担；我们选择火与风，人选择水与土；我们选择西方，人选择东方。

“‘但总有龙羡慕人的财富，总有人羡慕龙的自由，因此邪恶侵入，并会再度袭来，直到我们再次选择，永远自由。我即将去到西方彼岸，乘异风飞翔，我会引领你们，或是等待你们做好准备。’

“有些龙对凯拉辛说，‘人类因为嫉妒，在很久以前偷去了我们在西之彼方一半领土，设下法咒阻挡我们进入。现在让我们将人赶去极东之地，夺回岛屿！人与龙无法分享风。’

“凯拉辛说，‘我们曾是同族。因此，在人类每代中，总会出现亦龙亦人的子孙；在我们比人类眨眼即逝的生命更长久的每个世代，也有出生时亦为人族的龙，一位目前住在内环诸岛，还

有一位住在那里的人类也是龙。这两位是信差，是获选的使者。龙或人之中，再也不会降生这样的后裔，因为万物平衡正在改变。’

“凯拉辛接着说，‘选择吧，是和我一同在世界远方乘驭另一阵风，或者留下，背负善恶重担。或退化为沉默的野兽。’最后凯拉辛说，‘最后选择的会是恬哈弩，在她之后将再无选择，再也没有通往西方的路，只有森林会在中心，一如永恒。’”

所有人如石般静止，聆听。伊芮安纹风不动，说话时眼光仿佛穿透众人。

“几年后，凯拉辛飞入西方，有些龙跟随，有些没有。我加入族人时，跟随了凯拉辛的道路，但只要风能承载，我便在两处来回。

“我族生性易妒易怒。留在世界之风中的龙开始群集，或独自飞向人类岛屿，再次强调，‘人偷去我们一半的领土。现在我们要夺回人所有的西方领土，赶走人，让他们再也无法将善恶传给我们。我们不愿将脖子套进人的重担。’

“但我族不愿杀岛民，他们仍记得疯狂时自相残杀的惨况。他们痛恨人，但除非你们动念杀戮，否则他们不会肆杀人类。

"其中一群龙已来到我们称为'冷山'的黑弗诺。带领族人并与恬哈弩说话的，是我兄弟阿莫德。龙想把你们赶入东方，但阿莫德跟我一样，目的在执行凯拉辛的意志，希望将子民带离你们担负的重担。若阿莫德、我以及凯拉辛之子们能阻止人龙互相伤害，我们乐意代劳。但龙没有王，也不服从任何人，肆意飞翔。他们暂时尊重我兄弟与我以凯拉辛之名所提的要求，但无法长久。他们对这世上一切毫无所惧，除了你们的巫术，因为它能抗拒死亡。"

大厅内，最后一词回响在伊芮安语毕所带来的沉默中。

王向伊芮安致谢，说："你愿意诉说真相，让我们感到无比荣幸，我以真名起誓，对你同样据实以告。将我带回王国的凯拉辛的女儿，我恳求你告诉我，你方才说龙害怕什么？我以为龙对世界之中或之外万物毫无所惧。"

"我们害怕你们永生的咒语。"伊芮安率直说道。

"永生？"黎白南迟疑，"我不是巫师。黑曜师父，如果凯拉辛之女允许，请你代我发言。"

黑曜站起身，伊芮安以冰冷、公正的眼光看着他，点点头。

"伊芮安女士，"巫师说，"我们没有永生的咒语，只有巫师喀布试图让自己永生，因而堕落我们的技艺。”黑曜缓缓道来，措辞仔细，一面思索一面回答，“大法师及吾王在奥姆安霸协助下，摧毁喀布，弥补他造成的伤害，大法师因此奉献所有法力以治愈世界，恢复一体至衡。在我们这一代，没有别的巫师试图……”黑曜突然一语不发。

伊芮安直视黑曜，黑曜直视地面。

“我摧毁的巫师，”伊芮安问，“柔克的召唤师父，索理安……他希求的是什么？”

一语中的，黑曜无言以对。

“索理安从冥界返回，”伊芮安说，“但不像大法师及王以活人之身回来。他死了，但他跨越围墙返回，依凭技艺——你们的技艺——你们柔克男子！我们如何信任你们所说的任何事？你们毁坏了世界平衡！你们能恢复吗？”

黑曜看着王，焦虑不安。“陛下，我认为此时此地不宜讨论此等事宜……在所有人面前……直到我们明白所言及的事物，以及该采取的行动……”

“柔克留守它的秘密。”伊芮安以冷静的轻蔑说道。

“但在柔克……”恬哈弩并未起身，微弱的声音逐渐消失。

赛智亲王及王转头看她，示意她继续。

她站起身，一开始让左半脸朝向议员们，他们都一动不动地坐在长椅上，如同有眼睛的石像。

“柔克有心成林。”恬哈弩说，“姊妹，凯拉辛说‘在中心的森林’时，指的不就是心成林吗？”她转向伊芮安，任凭凝视的众人看见毁损脸庞，而她已忘却众人的存在，“也许我们该去那里，去万物的中心。”

伊芮安微笑：“我愿去。”

两人一同看着王。

“在我送你们去柔克，或与你们同行之前，”王缓缓说道，“我必须知道会有何影响。黑曜师父，我很遗憾，如此严重且冒险的事件，迫使我们如此公开讨论下一步。但我信任诸位议员会在我寻得并掌握方向时支持我。议会须知道的是，我们的岛屿无须害怕西方之族的攻击……至少维持停战协议。”

“能。”伊芮安答。

“你能告诉我们，有多久吗？”

“半年？”伊芮安随口提议，仿佛只是说一两天。

“我们会维持半年的停战协议，并期待出现长久的和平。伊芮安女士，若要与我们达成和平，你的族人会希望知道我们的巫师对生死的……搅和，不会危及他们。这样说对吗？”

“危及我们全体，”伊芮安说，“是的。”

黎白南思索片刻，以最尊贵、亲切、风度翩翩的态度说：“那么，我该与你们一同前往柔克。”他转向众人：“诸位，确定停战后，我们要寻求和平。为达成此目标，我愿走遍天涯海角，因我的王治遵从叶芙阮之环的象征。若诸位预见任何对此次旅程的阻碍，请立刻提出。群岛王国的力量平衡与万物之一体至衡正岌岌可危，若我要去，必须现在离开。秋季已近，到柔克颇有段距离。”

长眼的石像继续端坐，眼睛大张，无人发言。赛智亲王说：“去吧，陛下，带着我们的希望与信任，让法术风涨满风帆。”议员发出小小的赞同呢喃：“没错，没错，说得好。”

赛智询问是否还有问题或争议，无人开口。议会结束。

与赛智一同离开王座厅时，黎白南说：“赛智，谢谢。”老亲王回答：“黎白南，夹在你跟那龙之间，那群可怜人还能说什么？”

第四章

海 豚

DOLPHIN

离开首都前，黎白南必须先决议、安排诸多事务，另一道难题是决定哪些人同往柔克。伊芮安跟恬哈弩是当然人选，而恬哈弩希望母亲能陪同；黑曜说赤杨一定得去，还有帕恩巫师塞波，因为帕恩的智识多涉及跨越生死界线；“海豚”由托斯拉再度引领，政事由赛智亲王及一群特选议员共同处理。

一切就绪——至少黎白南如此以为，直到出发前两日，恬娜对他说：“你将谈及我们与龙族间的战事与和平协议，伊芮安说这甚至会影响地海万物平衡。我认为卡耳格人民应参与讨论，并有发言权利。”

“你可以担任代表。”

“我不行，我不是至尊王的子民。这里唯一能代表他子民的，是他的女儿。”

黎白南自恬娜身旁退一步，转身侧背向她，良久才以压抑怒气的平板声调说：“你知道她完全不适合参与此次航程。”

“我对这事一无所知。”

“她没受过教育。”

“她很聪明，实际，勇敢，明白自己的身份带来何种责任。她的确未受训学习掌权，但和仆人及一群宫廷侍女关在河宫，又能学到什么？”

“先从学语言开始！”

“她正在学。如有需要，我会为她翻译。”

短暂沉默后，黎白南小心翼翼地说：“我了解你关心她的子民。我会想想该如何处理，但这趟旅行没有她的位置。”

“恬哈弩和伊芮安都说她该一起来，黑曜师父说她与道恩岛的赤杨一样，此时来到此地，并非偶然。”

黎白南踱开，语气有礼但勉强：“我无法允许，她无知亦毫无经验，会是沉重负担，我也不能让她遭遇危险。与她父亲的关系……”

“你所形容的无知告诉我们该如何回答格得的问题！你像她

父亲一般，不懂得尊重她，把她说得像是不会思考的动物！”恬娜气得面色发白，“如果你担心让她遭遇危险，就去请她自愿冒险！”

沉默再度出现，黎白南依旧木然冷静，不肯直视恬娜：“如果你、恬哈弩与欧姆伊芮安都认为那女人该一起去柔克，而黑曜也同意你们的看法，那我接受你的判断，但我认为这是错的。请告诉她，若她希望，可以加入。”

“该由你去告诉她。”

黎白南静立，一语不发地走出房间。

他经过恬娜身边，虽未直视，却清楚看到恬娜的模样——衰老疲累，双手颤抖。他同情她，为自己的无礼感到羞愧，庆幸没有别人看到这一幕，然而这些感觉只是点点火花，在对恬娜、公主、一切人事物的巨大愤怒的黑暗中瞬间熄灭，因为他们在他身上加诸这虚假的义务、丑恶的责任。走出房间时，他扯开领子，仿佛颈项被勒紧。

皇宫总管是名行动缓慢、个性平稳的男子，名叫全善，没想到王会这么早回来，也没想到会从那扇门进入，吓得跳起身，眼睛大张。黎白南冰冷回瞪：“叫第一公主下午前来见我。”

“第一公主？”

“难道这里还有别的公主吗？你不知道至尊王的女儿是我们的客人吗？”

诧异的全善结结巴巴道歉，却被黎白南打断：“我自己去河宫。”黎白南说完便大踏步出门，总管在后紧追，阻挡，终于让他放慢步伐，刚好及时召集合适的随从，备妥马匹，请长厅中等候接见的请愿者等到下午……诸如此类。所有让他成为王的义务、责任、限制、束缚，像流沙般拉扯、吸入，拖曳着他，令他喘不过气。

坐骑从中庭另一端牵到面前，黎白南倏地翻身上马。马匹被他感染情绪，向后退步，如人般直立，驱赶身后的马夫及马仆。黎白南看着围绕的人圈扩大，心里涌上粗暴的满足，不等随从上马，便径自催促坐骑朝大门驰去。他遥遥领先，带领一行人以急促快步走过街道，很清楚自己为年轻军官造成何种烦恼——军官该骑在王前面，高喊“王驾到，让路！”，此刻却被抛在后头，又不敢超越。

时近中午，黑弗诺城中街道及广场炙热明亮，少有人迹。一听嗒嗒马蹄，人们匆忙涌向小而昏暗的店铺门口，睁大眼睛，认出国王，敬礼。坐在窗前摇扇、隔着街道嚼舌根的妇女低头看着路面挥手，一人丢来花朵。蹄声回荡在宽阔炎热的广场，场上空旷无人，只有一只尾巴卷曲的狗，迈着三条腿跑开，对王族视而不见。出了广场，他选择一条狭窄街道，通向赛伦能河边的石板路，在旧城墙边的柳树荫下，朝河宫骑去。

路程改变他的情绪。城市的热气、沉默及美丽，墙壁及窗板后生活着无数人家的体认，向他投掷花朵的女子的微笑，领先所有侍卫与排场仪仗所带来的微小满足，沿河骑行的芬芳与凉爽，以及那屋子的林荫满布的中庭——在那里他曾度过平静愉悦的日日夜夜——这一切都将他稍稍带离怒气，感觉愤怒与自身分离，不再被充满，而是倾空。

他翻身下马，第一批随从正好骑入中庭。马高兴地站在树荫下，他进入屋内，像颗石子投入光滑如镜的水面，降临在打盹的男仆间，引发逐渐扩散的不安及惊慌呼喊。“告诉公主我来了。”

伊瑞安岛古戴米司尼家族的奥珀夫人，是目前负责管理公主的侍女，她旋即出现，优雅地迎接黎白南，送上饮料，表现得仿若王的来临是意料之中。夫人柔和文雅的态度既安抚了他，又惹怒了他。无穷尽的虚伪！但奥珀夫人还能怎么办？为了国王出乎意料终于造访公主，便该像在岸上搁浅的鱼般张大嘴？（一名很年轻的侍女正是如此。）

“我很遗憾恬娜夫人目前不在此。”夫人说，“有夫人协助，与公主交谈就会容易许多，但公主在语言上有令人赞叹的进步。”

黎白南忘记了语言问题，接过奥珀夫人送上的冷饮，一语未发。在其余侍女协助下，奥珀夫人闲谈，王极少响应，开始意识到众人可能期待他与公主在所有侍女陪同下交谈，这也是应尽之礼。无论原本想对公主说什么，都已不可能。他正准备起身告退，一名头与肩以圆形红色面纱遮盖的女子在门口出现，双膝一跪，询问：“请？王？公主？请？”

“公主会在房中接见您，陛下。”奥珀夫人转述，朝一名男仆挥挥手，由男仆陪同王上楼，走过长廊，穿过侧房，穿过一间似乎挤满红纱蒙面女子的宽阔阴暗房间，来到河面上的阳台。那里站着他记忆中的身影：红与金的静止圆柱。

水面微风轻轻吹动面纱，让身影不再僵硬，而显得纤细，飘逸，宛如柳枝。身影似乎正在缩小、缩短，公主正向他行礼。他朝公主鞠躬，两人站直身，沉默对看。

“公主，”伴着某种不真实感，黎白南听见自己的声音说，“我来请你一同前往柔克岛。”

公主未发一语。他看见细致的红面纱间分出椭圆空隙，公主正以双手拨开面纱，修长、金黄的双手分拨，展露隐在红色阴影下的脸庞。他看不清公主五官，她几乎与他同高，眼睛直视他。

“吾友恬娜说，王见王，脸对脸。我说，好的，我会。”

黎白南大致理解，再度鞠躬：“我很荣幸，公主。”

“是的，”公主说，“我给你荣幸。”

黎白南迟疑。这是完全不同的领域，她的领域。

公主笔直静立，面纱金边闪动，她从阴影中看着他。

“恬娜、恬哈弩，还有奥姆伊芮安同意，如果卡耳格大陆的公主一同前往柔克，会是件好事。所以我请你同行。”

“同行。”

“去柔克岛。”

“坐船。”公主突然发出小小的哀怨呻吟，然后道，“我会。我会同行。”

黎白南不知该说什么，只好回答：“公主，谢谢你。”

她点点头，不亢不卑。

黎白南鞠躬，照着在英拉德所学宫廷礼仪，于正式场合时从父亲面前告退的方式，不转身背向公主，而是向后倒退离去。

公主看着他，依然拉开面纱，直到他抵达门口。她放下双手，面纱合起；他听见她喘气，大声吐气，仿佛从几乎超越忍耐极限的意志力中解放。

勇敢，恬娜如此形容公主，他不明了，却知道自己刚才看见了勇气。所有填塞他、引他前来的怒气消失殆尽，他未被其吸入，未在其间窒息，而是突然被一块岩石，一块清新空气中的高地，一份真实所拯救。

他穿过充满低语、香气浓郁、薄纱覆面女子的房间，女子自他身边缩离，隐入黑暗。他在楼下与奥珀夫人等人闲谈片刻，特别亲切地对待那名目瞪口呆的十二岁侍女。他对在中庭内等待的随从和颜悦色，安静登上高大的灰色坐骑，安静、若有所思地回到马哈仁安宫。

赤杨认命地听取返回柔克的消息，清醒时的生活已变得如此奇特，比梦境更梦幻，令他失去质问或抗拒的意志。如果命运就是终生在诸岛间航行，就听天由命吧，他明白如今已无法回家，但至少能与令他心境安宁的恬娜及恬哈弩两人同行，黑曜巫师也亲切。

赤杨生性害羞，黑曜内敛，两者的学养地位更是天差地别，但黑曜曾数次拜访赤杨，切磋法艺；黑曜十分尊重赤杨的意见，令谦虚的赤杨不解，但不禁信任黑曜。启程在即，他便请教黑曜一件苦恼万分的问题。

“跟小猫有关，”赤杨尴尬开口，“我觉得带小猫同行不合适。要闷在船上这么久，对这么年幼的动物不好，而且我想，将来……”

黑曜未追问缘由，只问：“小猫还是能让你远离石墙？”

“嗯，经常如此。”

黑曜沉思。“抵达柔克前，你需要保护，我想……你跟巫师塞波谈过吗？”

“那个从帕恩来的人？”赤杨语带一丝不安。

黑弗诺以西最大的岛屿帕恩，长久即以怪异闻名。帕恩人的赫语带奇特腔调，使用许多特有词汇，另外，远古时代，帕恩领主曾拒绝效忠英拉德与黑弗诺的王。帕恩巫师不去柔克受训，且帕恩智识能召唤大地太古之力，常被视为危险，甚至诡异的力量。很久以前，帕恩灰法师因召唤死灵为他与领主提供建言而使灾难降临岛屿，自此，术士都谨记这教训：生者不应听从死者建言。柔克法师与帕恩法师间曾多次以巫术决斗，两百年前一场决斗，使帕恩及偕梅岛上人民感染瘟疫，荒芜半数农庄城镇；十五年前，巫师喀布使用帕恩智识跨越生死之界，雀鹰大法师用尽自身法力，摧毁喀布，愈合伤害。

赤杨一如宫中成员及王廷议员，一直礼貌地避免与巫师塞波接触。

“我请王带他前去柔克。”黑曜说。

赤杨惊讶地眨眨眼。

“帕恩人民对此类事物的知识较我们深厚。”黑曜解释，“我们的召唤技艺主要来自帕恩智识，索理安深谙此道……现任柔克召唤师父烙德来自芬围岛，不愿操持任何引用帕恩智识的技艺。误用只招来恶果，但也许正因无知，才会不当使用。帕恩智识历史久远，其中可能含有我们丧失的知识。塞波是个智者，我想他该同行。他应该也能帮助你，只要你信任他。”

“若他已赢得你的信任，”赤杨说，“我亦然。”

每当赤杨展现道恩巧舌，黑曜便自嘲地略略微笑。“赤杨，这类事，你的判断跟我的有同等价值，甚至更好。希望你能善用判断力，我会带你去见塞波。”

两人一同进城。塞波的住所位于船厂附近的旧城区，就在造船街旁，帕恩人的造船技术极高超，应聘前来为王建造船舰，因而在那儿形成帕恩人小区，房屋古老、密集，屋顶间接以桥梁，令黑弗诺大港除了石板路外，更有第二层飞跃于空中的街道网络。

塞波的房间位于二楼，在夏末热气中显得阴暗，密不通风。他带着两人更上一层，来到屋顶。屋顶两边各有一座桥连接其他屋顶，行人来往穿梭路口，矮栏杆上搭起棚架，港口吹来的海风带来凉意。属于塞波的屋顶一角铺有条纹帆布软垫，三人在垫上坐下，塞波端来沁凉微苦的茶。

他身形矮胖，年约五十，身材浑圆，手脚娇小，头发鬈曲微乱，黝黑脸颊及下巴上还长着群岛男子脸上少见的短须；态度和善，语音简洁，带着悠扬、柔软的腔调。

塞波与黑曜交谈，赤杨聆听好一阵子，两人开始谈起他一无所知的人与事时，他的心思开始飘开，视线越过屋顶及棚帐，开始张望。屋顶花园还有精雕细琢的拱桥。北方是欧恩山，一座巨大的灰白圆顶凌驾朦胧的夏季山峦。他终于回神，听帕恩巫师正说：“也许连大法师都无法完全愈合世界伤口。”

世界的伤口，赤杨想，正是。他更为专注地凝视塞波，而塞波朝他一瞥。虽然塞波全身都给人柔和的印象，眼神却十分锐利。

“也许让伤口无法愈合的，不只是我们对永生的欲望，”塞波说，“更是死者寻死的欲望。”

赤杨再度听见奇特言论，虽无法理解，却觉熟悉。塞波再度瞥向他，似乎寻求回应。

赤杨没回答，黑曜亦未开口。塞波终于问：“赤杨大爷，你站在界线时，死者对你有何要求？”

“放他们自由。”赤杨答，声如耳语。

“自由。”黑曜喃喃。

又是沉默。两名小女孩与一名小男孩跑过屋顶，又笑又叫：“再下去！”他们玩着在城市中以街道、运河、台阶与桥梁组成的无尽追逐游戏。

“也许一开始就打错了算盘。”塞波说。黑曜丢去询问眼神，他答：“夫尔纳登。”

赤杨知道这是太古语，却不明白意思。

赤杨看着表情严肃的黑曜，他只说："好吧，希望一切终能真相大白，而且要尽快。"

"在存有真实的山丘上。"塞波说。

"很高兴你也会在那里。对了，赤杨每夜都受召唤到边界，因此想寻求解脱，我告诉赤杨，你或许知道该如何帮忙。"

"你愿意接受帕恩巫术的碰触吗？"塞波问赤杨，略带嘲讽，眼神明亮，如黑玉锐利。

赤杨口干舌燥："师父，我家乡俗语说，溺水的人不问绳价，如果你能让我远离那里，即便只有一晚，我都衷心感谢，虽然这跟如此恩赐相较，微不足道。"

黑曜带着毫无责难而饶有兴味的浅笑望向赤杨。

塞波毫无笑意："在我这行，鲜少获致感谢，我会为此尽力付出。赤杨大爷，我想我能帮助你，但我必须说，绳子所费不赀。"

赤杨低下头。

"你是在梦中，而非凭自己的意志去到边界，是吗？"

"我如此相信。"

"说得好。"塞波敏锐的眼光赞许赤杨，"谁能明了自己的意念？如果你是在梦中去那里的，我可以让你远离梦境……暂时。但如方才所说，你必须付出相当代价。”

赤杨投以询问眼光。

“你的力量。”

赤杨一开始还不了解，接着问：“你是指我的天赋？我的技艺？”

塞波点点头。

“我只是个修补师。”半晌后，赤杨说，“这不算放弃伟大力量。”

黑曜仿佛想抗议，但一看赤杨，便未开口。

“那是你的生计。”塞波道。

“曾经是我的生命，但已消失。”

“也许在必须发生的事发生后，天赋会重回你身上，我无法承诺，但会尽量归还自你身上取走的部分。如今我们在黑夜中行走，进入陌生领域，白昼来临时，我们可能知道身在何处，也可能不知道。如果我以这代价让你脱离梦境，你会感谢我吗？”

“我会。”赤杨说，“我的天赋能带来的小利，与无知造成的伤害相比，算得了什么？如果你能让我免受时时感受的恐惧以及害怕会造成的恐惧，我这一辈子都感谢你。”

塞波深吸一口气：“我一直听说，道恩竖琴从不走调。”他看向黑曜，问，“柔克不反对吗？”语气再次回到先前温和的嘲讽。

黑曜摇摇头，神情十分严肃。

“我们该去奥伦洞穴。若你愿意，今晚就去。”

“为什么是那里？”黑曜问。

“因为能帮助赤杨的不是我，而是大地。奥伦是圣地，充满力量，虽然黑弗诺人民已忘却这点，只会玷污那里。”

随塞波下楼前，黑曜找到机会与赤杨私下交谈。“赤杨，你不必进行这事，我原以为能信任塞波，但现在可不确定了。”

“我信任他。”赤杨说，理解黑曜的疑虑。他说会不计代价摆脱可能铸成大错、无可弥补的恐惧，字字认真。每次被吸入梦中，去石墙前，他便感觉某种东西正试图透过自己进入世界，只要听从亡者呼唤，它就会进入，而随着一次次听到亡者，他愈渐虚弱，愈难抵抗呼唤。

炎热午后，三人穿过城市，走了好一段路，到了城市南边乡间，粗犷崎岖的山陵朝港口延伸，到达富庶岛屿的贫瘠地带。山脊间沼泽密布，多岩山背上仅有零星耕地，此处城墙十分古老，以运自山上未经雕琢的岩石堆砌，之外再无住宅，仅有几座农庄。

三人沿崎岖道路前行，蜿蜒爬上第一道山脊，沿着山巅朝东走向更高山峦。在山顶，他们看到城市在北，浸淫金色迷雾中，左方道路散成交错纵横的步道。直向前行，突然碰上地面一大缝隙，横挡路中，那是一道二十几英尺宽的黑裂口。

仿佛岩石的脊椎被大地一扭而断，此后再未愈合。西下阳光流泻在洞口周围，点亮不远处的直立岩面，但在此之下是一片黑暗。

山脊下方谷中，裂缝以南，有座鞣革厂。皮革匠将废料带到山上，随意倾倒在裂缝中，半加工的皮革碎片四散，弥漫腐烂与尿液的腥臭。接近陡峭边缘时，洞穴深处涌出另一股气味，冰冷、鲜明，充满大地气息，令赤杨却步。

“我真痛心！真痛！”帕恩巫师大叹，带着奇特的神情环顾周围垃圾与下方鞣革厂屋顶，一会儿后，以惯常的柔和语调对赤杨说：“帕恩最古老的地图显示，此处正是称为奥伦的洞穴，或缝隙，在地图上也叫帕欧之唇。很久以前，人类刚从西方来到此处时，它会对这里的人说话。如今，人已改变，但它一如过往。如果你想，可以在此处放下重担。”

“我该怎么做？”赤杨问。

塞波领着他走到地面裂沟逐渐合拢为狭隙的南端，叫赤杨趴躺，直视身下无尽延伸的深层黑暗。“攀住大地，”塞波说，“你只需这么做。即使天摇地动，也要攀牢。”

赤杨趴在地上，直视石墙缝隙。趴低时，可以感觉岩石戳压胸膛及腰臀，他听到塞波开始以高亢声音念诵创生语，感受阳光温暖照耀双肩，闻到鞣革厂的腐臭。洞穴在吸吐间从深处喷出一股令他无法呼吸、头晕目眩的空虚鲜明气味，大地在身下移动，摇晃震动，他紧攀，听见高亢声音唱诵，吸入大地气息。黑暗升起，虏获住他，他失去阳光。

回神时，太阳已西沉，变成挂在海湾西岸上空迷雾的红球。他看见塞波在不远处坐着，疲惫寂寥，黑色影子长长延伸在石头修长的投影间。

“你醒了。”黑曜说。

赤杨发现自己正仰躺着，头靠在黑曜膝上，有块石头刺压背脊。他晕眩坐起，一面道歉。

赤杨一能行走，三人便出发下山，尚得赶路数英里，但他跟塞波的步伐显然无法加快。三人回到造船街时，天已全黑，塞波道别，在隔壁酒馆投射出的灯光中，探索赤杨神情。“我照你的要求做了。”他说，依然不开心。

“我为此感谢你。”赤杨道，照英拉德岛习俗伸出右手。一会儿后，塞波伸出手相碰，随即告辞。

赤杨累得连腿都动不了，洞穴空气的鲜明气味依然流连在口喉中，令他感到轻飘、茫然、空虚。回到王宫时，黑曜想送他回房，但他说无大碍，只需休息。

进入房间，小掩脚步轻盈、尾巴摇摆地前来迎接。“啊，我现在不需要你了。”赤杨弯下腰抚摩光滑的灰色毛背，眼泪涌入眼中。赤杨只是太疲累。他躺在床上，猫随同跳上，蜷窝在肩，一面呼噜呼噜作响。

他睡了，漆黑空白的睡眠，没有能记起的梦境，没有呼唤真名的声音，没有长满枯草的山丘，没有昏暗石墙。什么都没有。

南航前夜，恬娜漫步宫中花园，心情沉重焦虑。她不想前往柔克，那是智者之岛、巫师之岛（该死的术士，一个声音在她脑海以卡耳格语说）。在柔克能做什么？能有什么用？她想回家，回弓忒，回格得身边，回自己的房子、自己的工作、自己亲爱的男人身边。

她疏远黎白南，已失去了他。他有礼、和善，却拒绝软化。

恬娜在最后一季的玫瑰间漫步，心想，男人就这么害怕女人！不怕单独一个女人，而是害怕一同交谈、工作、声援彼此的女人们。男人只看到计策、阴谋、束缚、陷阱的铺设。

男人当然是对的。身为女人，女人很可能支持下一代，而非这一代；女人编织着男人视为铁链的联结、视为束缚的联系。若黎白南坚持必须完全独立，不受约束，才不算无足轻重，那恬娜与赛瑟菈奇确是一伙，随时准备背叛他；若他认为自己只是空气与火焰，没有泥土的重量、流水的耐性……

但这不是黎白南，而是恬哈弩。不属于土地的，是她的瑟鲁，是那个前来与自己共处一段时日的有翼灵魂，很快地，她明白，恬哈弩将会离开。火里来，火里去。

还有伊芮安。恬哈弩将与她一同离开，那灿烂猛烈的生物，与该扫的老房子、该照顾的老头子有何关连？伊芮安怎么可能了解这种事？对身为龙的她而言，人选择肩负的责任、结婚、生子或背负大地重担，能算得上什么？

恬娜看见自己，在一群肩负高远超凡命运的人之中，孤独，无用，因而完全屈服于想家的念头。

恬娜不仅想念弓忒。为何自己不该支持赛瑟菈奇？她是公主，如同自己是女祭司，她完完全全、从头到脚都是大地的女子，不会拍动炙热双翼飞去，还会说自己的母语！自己尽责地教导公主赫语，欣喜于她学习的进度，但她至今才发现，真正的欣喜在于能与她说卡耳格语，所听所说的字词，盛满自己失落的童年。

恬娜来到通往柳树下鱼池的小径，看到赤杨，他身边有个小男孩，两人正安静、认真交谈。她总是乐于见到赤杨，怜悯他身处的痛苦与恐惧，也尊敬他在忍耐时表现的耐性，喜欢他诚实、英俊的脸庞与灵巧的言辞。在平凡词语中多一点优雅装饰，何过之有？何况，格得信任他。

恬娜在一段距离外停步，以免打扰两人交谈，看赤杨与孩子跪在小径上，探进矮树丛。一会儿，他的小灰猫从树丛下出现，丝毫未注意两人，径自横越草皮，蹑掌蹑脚，压低肚腹，眼睛闪亮地猎捕飞蛾。

“你可以让它整晚待在外面，”赤杨对孩子说，“它在这里走不丢，也不会受伤。小猫爱好户外，你该能了解，这片大花园就像整座黑弗诺城。你也可以让它在早上自由活动，要是喜欢，也能让它跟你一起睡。”

“我喜欢。”男孩害羞地说。

“要在房里放一盒猫沙，随时要有一碗水，不能干掉。”

“还有食物。”

“没错，一天一次，别放太多，它有点贪嘴，总觉得兮果乙创造诸岛就是为了让它填饱肚子。”

“它会抓池里的鱼吗？”小猫如今在鲤鱼池旁，坐在草地上环顾四周。蛾飞走了。

“它喜欢看鱼。”

“我也喜欢。”男孩说。两人站起身，走向水池。

恬娜感觉一阵温柔的感动，赤杨有某种纯真，男人的纯真，而非孩子气。他该有自己的孩子，他会是个好父亲。

恬娜想到自己的孩子，还有小孙子、孙女——艾苹的大女儿琵萍——怎么可能？琵萍已经要十二岁了？今年或明年就会取得真名！噢，该是回家的时候了。该拜访中谷，带个命名礼给孙女，玩具给小娃娃，确定老静不下来的儿子星火未过度削剪梨树枝叶，和善良的女儿艾苹促膝相谈一会儿……艾苹的真名是哈佑海，由欧吉安赐予……想及欧吉安，她便涌上一阵慈爱与渴望的心痛。恬娜看见在锐亚白屋里的壁炉，看到格得坐在壁炉边，看他转过黝黑脸庞，问她个问题。在黑弗诺新宫花园里，离壁炉数百英里外，恬娜大声答道：“我会尽早回去！”

清早，明亮的夏日早晨，一行人从王宫出发，登上“海豚”。黑弗诺人民仿佛参与庆典般，挤满街道及码头，被称为片舟的撑篙小船堵塞河道，帆船与小艇缀点海面，升起鲜艳旗帜；壮丽房舍上的高塔、长短不一的桥梁旗杆，皆飞扬旗帜与锦旗。恬娜穿过雀跃人群，想到很久以前与格得航入黑弗诺，带回和平的象征叶芙阮之环。环戴在臂上，她举起手让银环迎日光闪烁，好让人民看到，众人立刻大声欢呼，对她伸出双手，仿佛都想拥抱她。想到这件事令她微笑。她走上船板，向黎白南鞠躬时，正面露微笑。

黎白南以船长的传统词句欢迎：“恬娜夫人，欢迎上船。”某种莫名冲动令她答道：“感谢你，叶芙阮之子。”

他看着恬娜一会儿，略微讶于这称呼，但恬哈弩紧跟在后。他重述正式的欢迎：“恬哈弩小姐，欢迎上船。”

恬娜朝船首走去，想起绞盘附近有个角落，不会干扰奋力工作的水手，却又能看到拥挤甲板上一切事物，也看得到船外。

通往码头的大街上一阵骚动，第一公主抵达。恬娜满意地看到黎白南（或王宫总管）安排与公主身份相称的华丽仪仗。骑马的随从在人群间开道，马匹英姿勃勃，喷气，踏步，载着公主穿越城市的金箔马车厢与拖车的四匹灰色骏马顶上，装有类似卡耳格战士头盔上的长红羽饰。码头边等待的乐师演奏起喇叭、低音鼓、铃鼓，群众一发现有个公主可以欢呼、窥探，立刻大声欢呼，逼近得几乎贴上骑兵与步兵，目瞪口呆，赞不绝口，随意喊出欢迎。“卡耳格女王万岁！”有些人喊道。旁人说：“她不是。”还有人说：“看，她们都穿着红衣，跟红宝石一样漂亮。哪一个是公主？”更有人喊：“公主万岁！”

恬娜看到赛瑟菈奇，自然从头到脚覆着薄纱，但身高与仪态却明白显露身份。她下了马车，如船舰般庄严地行向船板，两名戴着薄面纱的侍女快步追跑，伊瑞安的奥珀夫人跟随在后。恬娜的心情突地下沉，黎白南曾宣告这趟航程不带任何仆人或随从，严厉表示这不是去游山玩水，上船的每个人都必须有充分理由。难道赛瑟菈奇不了解吗？还是她如此依赖那些愚蠢族人，宁愿反抗王？这会是旅程最不幸的开始。

但一到船板前，金光波动的红色圆柱便停步转身，伸出双手，金戒指在金色皮肤的双手上闪耀。公主拥抱女仆，显然在告别，也以皇族在公开场合中应有的庄严态度拥抱奥珀夫人。奥珀夫人将侍女赶回马车，公主再次转向船板。

片刻停顿，恬娜可以看到毫无特征的红金色圆柱深呼吸一口气，挺直背脊。

公主缓缓步上船板。已经开始涨潮，船板陡峭，但从容的尊贵仪态令岸上观众安静、着迷地观看。

她抵达甲板，停步，面对国王。

“卡耳格大陆第一公主，欢迎上船。”黎白南以响亮声音说。一听此语，群众爆贺：“公主万岁！王后万万岁！阿红，走得好！”

黎白南对公主说了些什么，在群众欢声鼓噪下无可辨认。红柱转身面对岸上群众，背脊挺直却优雅地行个礼。

恬哈弩在国王站立不远处等着公主，上前说话，将她领到船舰后舱，沉厚、柔软流动的红色金色面纱消失不见。群众欢呼，更疯狂地高喊：“公主，回来！阿红在哪儿？小姐在哪儿？王后在哪儿？”

恬娜越过船身看向国王，疑虑、沉重的心中涌出狂野不羁的低语，想着：可怜的孩子，你现在该怎么办？即使没有看到公主真颜，大家却一眼便爱上她……噢，黎白南，我们都是反对你的一伙！

“海豚”体积不小，提供国王一定程度的奢华及舒适，但最重要的性能还是航行，与风同飞，以最快速度带王到想去之处。即便只有水手、高等船员、王及几个同伴在船上，舱房也已显得狭窄，在这趟前往柔克的旅程，更是拥挤。水手睡在前舱的三英尺高窝舍，感受的不适与平常相差不远，但所有高等船员必须分享前甲板下一个又小又黑的破旧小室。至于乘客，四名女子挤在王原本的舱房，一间沿着船尾延伸的狭长房间里；之下的船舱原本由船长及一两名高等船员分享，如今则塞着王、两名巫师、一个术士与托斯拉。恬娜心想，引发悲惨及暴躁脾气的机会真是无穷无尽，但最重要、最紧急的可能情况，就是第一公主会晕船。

船正航行在大湾上，最柔和的顺风吹拂，海面平静，船像水塘中的天鹅滑行，但赛瑟菈奇蜷缩在床上，每透过面纱，隔着广幅船尾舷窗看到波涛不惊的明亮海面、船身后温柔白波，便绝望地喊出声，以卡耳格语哀呼：“船会上下动。”

“根本不会上下动。”恬娜说，“公主，用用你的脑袋！”

“是我的肚子，不是脑袋。”赛瑟菈奇抽噎。

“这种天气不可能有人晕船，你只是害怕。”

“妈妈！”恬哈弩抗议，虽不了解却听得出语气，“别骂她，晕船很难受的。”

“她没晕船！”恬娜说，完全相信自己说的是事实，“赛瑟菈奇，你没晕船，你是害怕晕船。克制自己，上去甲板，新鲜空气会让一切不同。新鲜空气和勇气！”

“噢，我的朋友，”赛瑟菈奇以赫语喃喃，“做勇气给我！”

恬娜有点惊愕：“公主，你必须为自己做勇气。”而后终于心软，“来，在甲板上坐会儿试试。恬哈弩，你劝劝她，你想如果我们碰上不好的天气，她会多可怜！”

在两人努力下，终于让赛瑟菈奇站起，踏入红色薄纱的圆柱中——她当然不能没戴面纱就出现在男人眼前。两人半哄半劝带着公主蹒跚出了船舱，走到不远的甲板阴凉处，三人可以在骨白色的洁净甲板上并排坐，看着蔚蓝闪烁的海面。

赛瑟菈奇略微拨开面纱好看到正前方，但大多数时间还只是看着自己的双腿，偶尔快速、满怀恐惧地瞥一眼水面，随即闭上眼，然后再度凝视双腿。

恬娜与恬哈弩交谈，指出经过船只、飞鸟、岛屿。“真美。我都忘了我多爱航海！”恬娜说。

“我如果能忘掉这都是水，就很喜欢。”恬哈弩说，“就像飞翔。”

“啊，你这只龙。”恬娜说。

恬娜语调轻盈，却不轻松。恬娜首次对收养的女儿说出这种话，知道恬哈弩正转过头，以视力正常的一眼看着自己，恬娜的心沉重地跳动，说:“空气与火焰。”

恬哈弩未发一语，但探出手，褐色、纤细的那只手，而非枯爪。她握住恬娜的手，紧紧握住。

“妈妈，我不知道我是什么。”她以难得大于耳语的声音悄声道。

“我知道。”恬娜说，心愈发沉重地跳动。

“我跟伊芮安不同。”恬哈弩试图安慰母亲，令她心安，但声音中带有想望，嫉妒的盼望、深沉的渴望。

“等待。等待就会明白。”恬娜回答，觉得难以启齿，“时机到来时……你会知道该做什么……明白自己是什么。”

两人轻柔交谈，就算公主听得懂，也听不见。两人忘却公主的存在，但她一听到伊芮安之名，便以修长双手拨开面纱，转向两人，眼睛在温暖红影中闪闪发亮，问：“伊芮安，她在？”

“在前面……那边……”恬娜向别处挥比两下。

“她为自己做勇气，啊？”

半晌，恬娜说：“我想，她不需要做，她无惧一切。”

“啊。”公主叹道。

她的明亮双眼从阴影下看着整艘船舰，望向船首。伊芮安站在黎白南身旁，王正指着前方，比出手势，兴奋地说话，王大笑，与他相同身高的伊芮安站在身旁，也在大笑。

“抛头露面，”赛瑟菈奇以卡耳格语喃喃道，又以一种深思熟虑的近乎听不见的声音用赫语说道，“无所畏惧。”

她合起面纱，隐身端坐，纹风不动。

黑弗诺绵长海岸变成船后的一片蔚蓝，朦胧的欧恩山漂浮在北方高空。船航过伊拔诺海峡，朝内极海前行，欧莫岛的黑色玄武岩柱耸立在船舰右方。阳光明亮，海风清新，又是美好的一天，女士都坐在水手于后舱边搭起的帆布棚下。女性为船带来好运，水手因此争相准备小小的舒适与享受；水手也极礼遇巫师，因巫师能为船带来好运，或同等厄运。巫师的帆棚架在后甲板一角，前方景致一览无余；女士们有丝绒坐垫（国王或王宫总管的先见之明），巫师则有帆布包，效果也很好。

赤杨发现自己被视为巫师一员，获得同样待遇，无能为力却十分尴尬，担心黑曜与塞波以为他自认能平起平坐，更因自己如今连术士都称不上而忧虑。他的天赋消失了，完全没有力量，他十分确定，就像失明、手麻痹一样清楚。如今他除非用胶，否则无法修补水壶，但一定做得不好，因为他从不必使用这种方法。

除了技艺，他还失去了某样东西，比技艺更重要的某样东西消失了，这种损失留给他一块空白，无法感知喜悦，再也无法体会崭新事物，正如他妻子过世时一样。一切都无法发生，无法改变。

失去后，他才了解自己的天赋更完整的面貌。他思索、猜想天赋的性质，仿佛知道该怎么走，像知道回家的方向，无法明白辨认或形容，但与万物息息相关。失去之后，他感到凄惨悲凉，一无是处。

但至少不会造成大害。他现在的梦境短促，无意义，再未带他去往寂寥荒原、枯草山丘、矮墙，没有声音在黑暗中呼唤他。

赤杨经常想到雀鹰，希望与他谈谈，用尽力量的大法师曾是人上人，如今贫困而无人问津地度过余生。但王渴望能尊崇他，因此雀鹰的贫困是出于自愿。赤杨心想，也许对失去自身真正财富与真正道路的人而言，金钱或地位只会带来耻辱。

黑曜显然很后悔让赤杨进行这项交易或交换，他对赤杨始终彬彬有礼，如今却以尊敬与歉意对待，并略微疏远帕恩巫师。赤杨自己对塞波毫无反感，也不怀疑他的意图。太古之力就是太古之力，运用就得甘冒风险，塞波已告诉他代价，而他已付出。自己原先不了解要付出多少代价，但这不是塞波的错，是自己的错，因自己从未珍视天赋的真正价值。

赤杨与两名巫师共坐，觉得自己像金币中的伪币，但仍全心聆听两人交谈，巫师们信任他，无所不谈，两人的对话教导他身为术士时从未想象的知识。

坐在明亮的帆棚阴下，两人谈到某桩交易，比赤杨为了阻绝梦境而做的更大交易。黑曜多次提及塞波在屋顶上说的太古词语夫尔纳登。赤杨自两人谈话中一点一滴拼凑出其意：像是某种选择、分裂、一分为二。很久很久以前，在英拉德出现王以前，在赫语文字出现之前，也许甚至在有赫语之前，只有创生语时，似乎人作出某种选择，放弃某种伟大的力量或所有物，以换取另一种。

两人的讨论听来难以理解，并非因为有所隐瞒，而是连巫师自己都只能盲目搜索迷雾重重的过往，那个记忆尚未存在的年代。必要时，交谈中会出现太古词语，有时黑曜全以太古语谈话，但塞波会以赫语回答。塞波鲜少用创生语，有次甚至举起手，阻止黑曜继续说。柔克巫师投以惊讶与疑问的眼光，他只温和说："咒词引发行动。"

赤杨的老师塘鹅也称太古语为咒词。"每个词都是力量的行为，真字实现真实。"除非必要，塘鹅吝于使用所知咒词，写任何用于撰写赫语的符文时，除非最普通的符文，否则一写毕便擦去。大多术士皆如此谨慎，以保留自己的知识，或因尊敬创生语的力量。即便塞波，身为巫师，对这些字词有更广泛的智识与了解，也不愿在交谈中使用，而谨守普通读言，因赫语即便或有谎言与错误，还是可以模糊解释并撤回其言。

也许这正是人类在远古时代作的一部分选择：放弃与生俱来便知晓的太古语，人类曾与龙族分享的能力。赤杨猜想，人这么做是否为了拥有自己的语言？一种适合人类的语言，可用于说谎、欺瞒、讹诈，并发明前所未有、无法实现的神奇概念？

龙只会说太古语，但长久以来，众人均说龙会说谎。是这样吗？赤杨忖度。若咒词为真，龙怎能用咒词说谎？

塞波与黑曜进入对话中常出现的漫长、轻松、沉思的静默。发觉黑曜已半昏睡，赤杨轻声问帕恩巫师："龙真的能以真语说假话吗？"

帕恩巫师微笑："帕恩人常说，这正是一千年前阿斯在昂图哥废墟询问奥姆的问题。'龙说谎吗？'法师问，而奥姆答，'不能。'然后吐气，将阿斯烧成灰烬……但我们是否真能相信这个故事？这可能只是奥姆片面之词。"

法师的争论永无止境，赤杨内心自语，但未大声说出。

黑曜绝对是睡着了，头向后靠着舱壁，严肃、紧绷的脸庞放松了下来。

塞波开口，语音比平常更安静："赤杨，我希望你不后悔我们在奥伦做的事。我知道我们的朋友认为我没有更清楚地警告你。"

赤杨毫不迟疑地说："我很满足。"

塞波点点乌黑的脑袋。

赤杨终于又说："我知道我们试图维持一体至衡，但大地太古之力有自己的打算。"

“凡人难以理解太古之力的正义。”

“没错。我一直在想，为什么得放弃法艺好摆脱梦境？这两者间有何关系？”

塞波半天没有回答，之后答以另一疑问：“你不是依凭法艺去石墙边的？”

“从来没有。”赤杨斩钉截铁地说，“我没有力量前去，一如我没有力量不去。”

“那么你是怎么到那里的？”

“我妻呼唤我，我的心朝她而去。”

更长的静默。巫师说：“别人亦失去心爱妻子。”

“我也如此对雀鹰大人说，而大人说，话虽如此，但真爱间的羁绊最接近永久不灭。”

“在石墙彼端，没有羁绊。”

赤杨看着巫师，看着他黝黑柔软的脸庞与锐利的眼神，问道：“为何如此？”

“死亡斩断羁绊。”

“那为何死人不死？”

塞波震惊地盯视赤杨。

“对不起，”赤杨说，“无知令我失言。我的意思是，死亡斩断灵魂与肉体间的羁绊，因此肉体死亡，回归大地。但灵魂必须去那黑暗之地，背负肉体的外貌，留存那里……多久？永远？在彼处尘土与黄昏中，没有光芒、爱或喜悦。我一想到百合得在那种地方，就无法忍耐。她为什么必须在那里？为什么她不能……”他的声音踉跄一跌，“……自由？”

“因为风吹拂不到那里，”塞波表情奇特，嗓音粗哑，“人的技艺阻止风吹入。”

他继续盯视赤杨，渐渐重新认识他。塞波的眼神与表情改变，别过头，看前帆美丽白色弯弧满载西北风的气息，又瞥回赤杨。“你对这件事的了解不比我少，朋友。”塞波以近乎平常的柔软声调说，“但你是以你的身体、你的血液、你的脉搏知道，而我只知晓词语，古老词语……所以我们最好快去柔克，那里的智者或许能告诉我们应当知道的事物。如果他们不能，或许龙可以。也或许会由你为我们指引道路。”

“那我不就成了将先知带往悬崖边的瞎子！”赤杨一笑。

“啊，但我们已双眼紧闭地站在悬崖边了。”帕恩巫师说。

黎白南感觉船舰小得无法乘载他的巨大焦躁。女士坐在小小帆棚下，巫师坐在各自帆棚下，像排成一列的鸭子，但他前后踱步，对狭窄拘束的甲板感到不耐。他觉得让“海豚”如此快速南行的不是海风，而是自己的不耐——却依然不够快。他希望旅程快快结束。

“还记得前往瓦梭岛的舰队吗？”他正站在舵手旁，研究航海图及眼前的开阔海面时，托斯拉站到身旁问，“那一幕真壮观！三十艘船舰排成一排！”

“真希望我们是去瓦梭岛。”黎白南说。

“我一直不喜欢柔克，”托斯拉同意道，“那片海岸二十英里内没一道好风，也没海流，只有巫师的汤药；北方的石块每次都在不同位置，镇上都是骗子跟变形怪。”他技巧卓越地朝海边呸了一口，“我宁愿再面对老狗血和他那群奴隶贩子！”

黎白南点点头，却一语未发。与托斯拉在一起经常带来如此欣悦，他会替黎白南说出自己不当说的话。

“那个话都不会说的家伙……那个哑巴，”托斯拉问，“就是在城墙上杀死法肯那个，叫啥名字来着？”

“埃格。他原先是海盗，后来做了奴隶贩子。”

“没错。在索拉时，他认得你，直接攻击你。我一直想，他为什么要这样做？”

“因为他曾抓我去当奴隶。”

托斯拉见识大风大浪，但此时目瞪口呆，显然不信黎白南，却又不得不信，无话可说。黎白南享受这片刻，而后终于同情他的处境。

“大法师带我去追捕喀布时，我们先往南。霍特镇上有个人向奴隶贩子告密，他们往大法师头上敲了一记，我则快步逃走，以为能将他们引开。但他们追的是我……我值钱。醒来时已被铁链五花大绑，在一艘航向肖尔的战船上。隔晚，大法师就把我救了出去，铁链像枯叶从我们身上散落。大法师告诉埃格，除非他想到值得说的话，否则永远别再开口……大法师像一盏大灯，越过海面朝战舰而来……直到那时我才明白他的真实面貌。”

托斯拉凝神思索半天：“他解放了所有奴隶？奴隶为什么没杀死埃格？”

“也许他们把他带到肖尔卖掉了。”黎白南说。

托斯拉思索更久。“你那么执着于禁绝贩奴，原来是这原因。”

“其一。”

“这一行通常不会让人的个性转好。”托斯拉说，研究钉在舵手左方的内极海海域图，注意到某地，“威岛，龙女人就是从这儿来的。”

“我发现你总避着她。”

托斯拉噘起嘴，不过因为在船上，没吹出口哨。“记得我提过的《贝里洛小妞》吗？这么说吧，我一直以为那只是个故事，直到看到她。”

“托斯拉，说不定她会吃了你。”

“那也死得很光荣。”船长酸酸地说。

王大笑。

“别太大胆。”托斯拉说。

“别担心。”

“你跟她在那里那么自由随性地聊天，简直跟与火山轻松相处一样……但我跟你打包票，我不介意多看一点卡耳格人送你的礼，从那双脚来看，内容很值得一看。你要怎么把她从帐篷中弄出来？那双脚是很棒，但我想先多看一点脚踝。”

黎白南感觉自己脸色一沉，转过头去，不让托斯拉看见。

“如果有人送我这样一份礼，”托斯拉凝望海面说，“我会打开。”

黎白南无法抑制不耐的小动作，托斯拉反应一向灵敏，咧嘴露出歪斜笑容，再无多言。

船长上到甲板。黎白南问：“前面云层有点厚？”船长点点头说：“南边与西边都有暴风雨，今晚我们就会进入那范围。”

随着时间渐晚，午后海面起伏不定，温柔阳光染上黄铜色调，一阵阵海风从不同角度吹袭。恬娜告诉过黎白南，公主害怕大海与晕船，他向后舱瞥了一两眼，想确定在一排鸭子中不会见到红纱覆面的身影。但进入船舱的是恬娜与恬哈弩，公主依然在那里，伊芮安坐在旁边，两人专注交谈。来自威岛的龙女人跟胡珥胡的后宫女子有什么好谈的？有何种共通语言？黎白南迫不及待想知道，便走向后舱。

伊芮安一见黎白南，便抬头微笑。她有坚强开朗的脸庞，笑容大方，宁愿裸足行走，对衣着漫不经心，让风纠结长发。若不看她的双眼，会以为她只是个健美、热心、聪颖而缺乏教育的村妇。她的眼睛是朦胧琥珀色，她像现在这般直视黎白南时，他无法直接回视，便垂下视线。

黎白南明白表示过，在船上不准使用宫廷仪节，不准打躬作揖，他靠近时不准任何人跳起身立正。但公主站起身，确如托斯拉所说，双脚漂亮，不小，却高拱，健壮，美丽。他凝视白色木甲板上的那双纤细裸足，抬起目光，看到公主像上次面对他时一般，拨开面纱，只让他一人看见她的脸。红影下庄严、几乎悲怆的美丽，令他微微目眩神驰。

“一切……一切都好吗，公主？”他难得结巴起来。

公主道：“我朋友恬娜说，呼吸海风。”

“没错。”他随口抓两个字回答。

“你觉不觉得，也许，你的巫师能为公主做些什么？”伊芮安问，伸展修长四肢，也站起身。她与公主皆身材高挑。

黎白南正试图分辨公主的瞳眸是什么颜色，因他终于能看见她的双眸。是蓝色，他心想，但像蓝色蛋白石般，蕴含别色，也可能因为穿过红纱的阳光所致……“为公主做些什么？”

“她非常希望不会晕船，从卡耳格那里过来时，受了很多苦。”

“我不是害怕。”公主说，直视黎白南，仿佛向他挑战……为何？

“当然，当然。我去问黑曜，我想他一定能做点什么。”黎白南恍惚地对两人鞠个躬，快步离开去找巫师。

黑曜及塞波交谈片刻，便前去请教赤杨。对抗晕船的咒语较属于术士、修补师、治疗师的范畴，而非智慧深奥、法力强大的巫师，赤杨目前当然什么都做不了，但或许还记得某个诵咒？他不记得，一切烦恼开始前，他做梦都没想过自己会出海；塞波承认每次搭小船或碰上恶劣天候时，也会晕船。黑曜终于走到后舱向公主请罪，他无能为力，也未能提供方法，很抱歉只有一个水手听到她的困境后——水手可是包打听——坚持要黑曜交给她的咒符，或护身符。

公主修长的双手从红金薄纱间探出，巫师在她手中放入一个怪异的黑白相间的小东西：干海草编绕在一块鸟胸骨上。“是信天翁，它们能凌驾暴风之上。”黑曜羞愧地说。

公主俯低隐藏的头，以卡耳格语喃喃道谢。小法宝消失在薄纱中，她退入舱房。黑曜遇上站在近处的王，道歉。船舰如今因强烈古怪的风向，在波涛汹涌的海面上猛力起伏，他说：“陛下，您知道，我可以对风说个真词……”

黎白南很清楚天候操控术的两派做法：传统做法是，袋子师能命令风服侍船只，一如牧羊人命令牧羊犬来回奔跑；新做法（顶多出现了几百年）属于柔克一派，认为真正必要时可以召唤法术风，但最好让世界之风自由吹拂，他明白黑曜忠诚拥护柔克之道。“黑曜，凭你判断吧，如果这晚真的很难过……但若只是几场狂风……”

黑曜抬头看着船桅顶，一两道枯叶色火焰闪耀在乌云密布的黄昏，雷声在南面黑暗中隆隆作响。身后，最后几道日光苍白虚弱地落在海波上。“好吧。”他颇为沮丧地说，回到甲板下狭窄拥挤的船舱。

黎白南几乎未曾踏入船舱，需要睡眠时便睡在甲板上。今晚“海豚”上众人都不得安眠。来的并非一阵狂风，而是一连串从西南方酝酿诞生的猛烈夏末暴风雨，夜晚漫长又嘈杂，闪电亮起的刺目海面，宛如要将船身敲碎的雷鸣，与让船身前俯后仰、怪异跳动的疯狂暴风，交替呈现。

黑曜曾询问黎白南，是否该对风说个词，黎白南看看船长，船长耸耸肩，船员虽十分忙碌，却不担忧，船没问题。至于女士，据报正在船舱玩赌戏。伊芮安与公主曾上甲板，但有时难以立足，也发现自己只会挡路，因此又回到船舱。厨房小弟说她们在玩赌戏，他被派去询问女士是否想吃些什么，她们说尽管端去，会照单全收。

黎白南发现自己身陷与午后同样的强烈好奇中。船尾舱房显然灯火通明，金色灯光流泻于船身之后的泡沫与涟漪上。大约子夜，他走向后方，敲门。

伊芮安开门。历经暴风的刺目光芒及黑暗后，舱房灯火显得温暖稳定，但油灯摆荡，投射摇晃阴影。他混乱地识辨颜色：女子衣服的缤纷柔和色彩，肤色棕褐、浅白或金黄，发色乌黑、灰白或金褐，而眼睛……公主一面抓起丝巾或某片布料遮面，一面惊讶地直视他。

“噢！我们以为是厨房小弟！”伊芮安笑道。

恬哈弩看着他，以害羞、同伴般的口吻问：“有麻烦了吗？”

他意识自己正在门口盯视，像个目瞪口呆的噩耗使者。

“没有……一点没有……你们还好吗？我很抱歉船这么颠簸……”

“我们不会把天气怪在你身上。”恬娜说，“大家都睡不着，所以公主跟我教她们卡耳格赌戏。”

他看到五面象牙骰棍散落桌面，可能是托斯拉的。

“我们在赌岛屿。”伊芮安说，“但恬哈aa跟我一直输，卡耳格人已经赢走阿尔克岛与伊瑞安岛。”

公主放下丝巾，坚定坐着面对黎白南，十分紧张，仿佛是名年轻剑士，在比剑前与他对视。温暖船舱中，她们都裸着手臂，裸着足，但她对自己裸露脸庞的强烈意识，像磁铁吸引铁针般吸引他全副心神。

“我很抱歉船这么颠簸。”他再度像个白痴般说，关上舱门。转身离去时，听到女子一起大笑。

他站到舵手身边，看着遥远不定的闪电点亮漆黑狂风暴雨，船尾舱房的一切犹在眼前：恬哈弩黑亮长发，恬娜温情、逗弄的微笑，桌上的骰子，公主浑圆的手臂呈现出蜂蜜色，如同灯火，咽喉隐在秀发投射的阴影中。但他不记得自己注视她的手臂与咽喉，只记得看着她的脸，她的双眼满是反抗、绝望。那女孩害怕什么？她认为他想伤害她吗？

一两颗星辰在南方高空中闪烁，他回到拥挤舱房，卧铺已被占满，便挂起吊床睡了几个小时。他在拂晓前苏醒，依旧焦躁，便爬上甲板。

白昼明亮平静地来到，仿佛从未有暴风雨。黎白南站在船首栏杆边，看见第一道阳光斜射海面，一首古老歌谣浮现脑海：

喔，我的喜悦！

先于明灿之伊亚

先于兮果乙造屿

拂晓之风抚于海

喔，我的喜悦，自由吧！

这是童年时听过的歌谣或摇篮曲，他记不得更多。曲调十分甜美，他轻轻哼唱，让海风将字词从唇边带走。

恬娜从船舱中走出，看见他后，前来身旁。“早安，亲爱的大人。”他亲密地向恬娜道安，依稀记得曾对她生气，却不知晓是何理由，或怎么可能会有理由。

“你们卡耳格人昨晚赢走了黑弗诺吗？”他问。

“没有，你可以留住黑弗诺，我们上床睡了。年轻人还在船舱里赖床。今天是否要……怎么说？唤起柔克？”

“唤起柔克？还不用，明早再说。中午前应该可进入绥尔港——如果他们肯让我们上岛。”

“此话怎讲？”

“柔克保护自己免受不速之客造访。”

“噢，格得跟我说过。他曾在一艘船上，试图回柔克，而他们命风向逆转，他称那为柔克风。”

“对他？”

“很久以前。”恬娜欣悦地微笑，看见他的不可置信，他不愿承认有什么力量居然能阻止格得，“当时他是个在搅和黑暗事物的小男孩，他是这么说的。”

“他成年后还是在搅和。”

“现在不了。”恬娜恬淡地说。

“没错，现在轮到我们。”黎白南神情转为严肃，“我真希望我们知道自己在搅和什么。我很确定万物正逼近某种伟大的机运或改变……一如欧吉安预言……一如格得告诉赤杨。我很确定必须在柔克迎接一切，但除此之外，什么都不确定，一无所知，不知道我们正面对什么。格得带我入黑暗之地时，我知道敌人是谁；我率舰队到索拉岛时，我知道我想消灭何种邪恶。但如今……龙是敌是友？到底是什么不对劲？我们必须做什么，或消灭什么？柔克师父能告诉我们吗？或许他们会逆转风向对抗我们？”

“因为害怕……”

“害怕龙。他们认识的那只，或不认识的那只……”

恬娜神情也很严肃，但逐渐露出微笑。“瞧你带给他们的这一团乱七八糟的人物！做噩梦的术士、帕恩岛的巫师、两只龙，还有两名卡耳格人。这船上唯一有头有脸的乘客，就只有你跟黑曜。”

黎白南笑不出来：“若他也在就好了。”

恬娜将手放在他臂上，开口欲语，却又无言。

他将手覆盖在恬娜手上，两人沉默并立了一会儿，凝望着跃动海面。

“抵达柔克前，公主有件事想告诉你。”恬娜说，“是来自胡珥胡的故事。在沙漠中，他们记得某些事物。除了楷魅之妇，我想这比我听过的任何事都久远，与龙有关……希望你能善意邀请她，让她免于请求。”

意识到恬娜语中的仔细与谨慎，他感到片刻不耐，一瞬间的羞愧。他看着遥远的南方海面，一艘战舰正前往柯梅瑞岛或威岛，船桨高举，闪过一丝微弱反光。“当然。正午好吗？”

“谢谢你。”

约正午时，他派遣一名年轻水手到船尾舱房，请公主到前甲板会见国王。她立刻出现，因为船只有五十英尺长，所以他能看着她前来，距离不长，但对她而言或许很遥远。接近他的并非一根无头无脸的红圆柱，而是一名高挑的年轻女子，身着柔软的白色长裤、暗红色长衫，头戴一只金环，用以固定覆盖头脸的透明红纱，面纱在海风中飘荡。年轻水手领着她绕过阻碍物，在拥挤、局促、狭窄的甲板上上下下。她缓慢而骄傲地行走，双足赤裸。船上每双眼睛都注视着她。

她抵达前甲板，立定不动。

黎白南鞠躬：“公主，你愿到来，是我们莫大的荣幸。”

她低身，背脊笔直地行礼，说：“谢谢。”

“但愿你昨晚没有不适吧？”

她将手放在以绳索串连、绑在脖子上的护符，一根以黑线绑系的小骨头，拿给他看：“凯雷兹，阿卡司，阿卡沙瓦，艾瑞维。”他知道阿卡司在卡耳格语中意指术士或巫术。

到处都是视线，舱口、绳索上，像占卜师、像钻子的视线。

“如果你愿意，请向前来。我们或许很快便可看到柔克岛。”其实到明天清晨前，连柔克的影子都看不到。他一手虚扶她的手肘，引领她走上陡峭甲板，来到船首舱前。绞盘、斜桁与栏杆形成一块小三角形，原本修补绳索的水手快速溜走，两人终于有私人空间，虽依然暴露在众目睽睽之下，但至少能够转身背对一切，这是皇族所能期待最大限度的隐私。

得到这块小小避难所后，公主转向他，撩起面前薄纱。他原本打算询问能为她做些什么，但这问题如今显得无用又无关。他一语未发。

公主说：“国王大人，在胡珥胡我是非雅加，在柔克岛我要成为卡耳格王之女。要成为如此，我不是非雅加，我裸脸，如果令你满意。”

片刻后，黎白南说：“是的。是的，公主，这么做……这么做很好。”

“令你满意？”

“非常满意。是的，我感谢你，公主。”

“巴雷祖。”公主尊贵地接受他致谢，高贵气质令他窘迫。她刚撩起面纱时面红耳赤，如今毫无血色，但笔直冷静站立，聚集所有力量好继续开口。

“还，”她说，“还有，我朋友恬娜。”

“我们的朋友恬娜。”他带着微笑说。

“我们的朋友恬娜。她说我要告诉黎白南王关于夫都南。”

黎白南复述这词。

“很久以前很久以前……卡耳格族、术士族、龙族，嗯？懂？……所有族一个，所有说一个……一个……噢！乌罗，麦喀雷夫！”

“一个语言？”

“嗯！是！一个语言！”她激切地想说赫语，说出希望让他知道的事，因而摆脱原本的不自在，脸庞与双眼闪闪发光，“但是，龙族说，放掉，放掉一切，飞！但我们这族，我们说，不，留住，留住一切，住！所以我们分开，嗯？龙族跟我们族？所以他们做夫都南。这些放掉……这些留住。懂？但要留住所有，我们必须放掉语言。龙族语言。”

“太古语？”

“是！所以我们族，我们放掉太古语，留住一切。而龙族放掉一切，却留住，留住语言。嗯？赛内哈？这就是夫都南。”美丽修长的大手生动比划，凝视他的表情，迫切期望他了解，“我们去东，东，东。龙族去西，西。我们住，他们飞。有些龙与我们一起来东，但没留住语言，忘记，忘记飞。像卡耳格人。卡耳格人说卡耳格语，不是龙语。都遵守夫都南，东，西。赛内哈？但在……”

她不知该如何表达，将示意“东”与“西”的双手合拢。黎白南说：“在中间？”

“哈，是！在中间！”公主因找到字眼而开心笑出声，“在中间……你们！术士族！嗯？你们，中间族，说赫语但还，也，留住说太古语。你们学习。像我学赫语，嗯？学会说。然后，然后……这是坏事。坏事。然后你们说，用那个术士语，用那个太古语，你们说，我们不会死。然后就这样。夫都南打破。”

她的眼睛有如蓝色火焰。

片刻后，她问：“赛内哈？”

“我不确定是否了解。”

“你们留住生命。你们留住。太久。你们不放掉。但死亡……”她将双手大大地分开一甩，仿佛将什么抛入空中，抛越海面。

他遗憾地摇摇头。

“啊。”她想了片刻，却无法继续，气馁地将双手朝下优雅摆动，显示放弃，“我必须学更多字。”

“公主，柔克的形意师父，心成林的师父……”他在公主脸上寻找了解的神情，再度发话，“柔克岛上，有个人，一位伟大法师，是卡耳格人。你可以告诉他，你对我说的事……以你自己的语言。”

她专注聆听，点点头，道：“伊芮安的朋友。我会在心里去跟这人说话。”一想到此，她的脸庞倏地亮起。

这句话感动了黎白南：“公主，我很遗憾你在这里感到寂寞。”

她看着他，双眼敏锐明亮，却未回答。

“我希望，随着时间过去……你学会语言……”

“我学快。”她说。他无法分辨是陈述或是预测。

两人直视彼此。

她再度恢复庄重态度，如一开始时正式地开口：“我感谢你去听，国王大人。”她点一下头，以手遮眼，表示尊敬，再次屈膝行礼，一面以卡耳格语喃喃道出某句制式祝词。

“请你，”黎白南说，“告诉我你刚说什么。”

她停顿，迟疑，思索，回答：“你的……你的，啊……小王？……儿子！儿子，你的儿子，让他们成为龙与龙之王。嗯？”她灿烂地微笑，让面纱重新落在面前，向后退四步，转身离去，脚步轻盈稳健地走到船的彼端。黎白南呆站，仿佛昨夜的闪电终于击中了他。

第五章

重合

REJOINING

航程的最后一夜平静，温暖，无星。“海豚”轻松悠长地摆荡，越过打向南方的平滑波浪。睡眠来得轻易，众人皆入睡，在睡眠中进入梦境。

赤杨梦到一只小动物，从黑暗里来，碰触他的手。他看不到那是什么，伸出手，它已然离去，消失，手上又感觉到小小柔软鼻子的碰触。半醒，梦境自脑海隐退，但尖锐的失落感滞留心中。

在赤杨下方的卧铺，塞波梦见自己正在帕恩岛费绕的家中，读一本黑暗年代的古老术典，沉浸于工作，却被打断。有人想见他。“要不了多久。”他自语，前去与访客说话。来客是个女人，头发深黑，带有一抹红光，美丽，神情忧虑，说：“你必须派他来找我。你会派他来找我，对不对？”塞波心想，我不知道她在说谁，但我得假装知道，便说："你知道这不容易。"听到这话，女人向后举起手，他看到她握着一块石头，一块沉重的黑色石头。他大吃一惊，以为她打算将石头砸向他，或以石头击打他，于是退缩了，在黑暗船舱醒来。他平躺着聆听其他人沉睡的呼吸声及海浪打在船侧的低语。

小船舱另一端卧铺上，黑曜仰躺，凝视黑暗，以为自己的眼睛睁着，以为醒着，却感觉许多细绳绑缚手臂、双腿、双手与头颅，绳子朝黑暗延伸，越过陆地与海洋，越过世界的弯弧；绳子正拉他、扯他，他与船和所有乘客都被轻轻、轻轻拖曳到海洋枯竭之处，船将沉默地搁浅在盲目延伸的黑暗沙滩上。但他无法说话或动作，绳子勒闭他的下颌、眼睑。

黎白南进入船舱想小睡片刻，希望明天清晨唤起柔克时能精力充沛。他快速而深沉地熟睡，梦境飘荡变换——海面上有座高耸绿丘……一名微笑女子抬起手，让他看见她能命太阳升起……在黑弗诺中的法庭，一名请愿者让他震惊而羞愧地发现，王国中半数人民正在屋下密闭的房中饿死……一个孩子对他大喊："来我这里！"但他找不到那孩子……他一面睡，一面用右手握住挂于颈项的小锦囊，握着里面的石子，抓紧不放。

男子沉于梦境，而顶上舱房内，女子梦着。赛瑟菈奇走上山，是她故里美丽亲爱的沙漠高山，但她正走在禁忌的龙道之上，人类双脚永远不能踏上那条路，甚至不能经过。光裸足心下，龙道的尘土光滑温暖，虽知不能走在上面，她仍继续前进，直到抬起头，发现眼前并非熟识高山，而是绝对无法越过的乌黑、崎岖悬壁。但她必须爬越。

伊芮安欣悦地飞翔在暴风雨中的狂风里，但暴风雨在她翼上绑缚一圈圈闪电，将她拖入云中，愈趋逼近时，她看到那并非云朵，而是黑色石块，一道乌黑崎岖的山脉。闪电绳索将双翼绑缚身侧，她坠落。

恬哈弩爬过地底深处一条隧道，里面没有足够空气，越往前爬，隧道越是缩窄，无法回头。深入隧道泥土的晶亮树根让她得以有了使力点，有时她能借着攀拉树根，继续朝黑暗前进。

恬娜爬上神圣峨团之地，累世无名者宝座的台阶。她非常娇小，台阶非常高，她爬得十分艰辛。抵达第四阶时，她未照女祭司的要求停步转身，反而继续前进。爬上一阶、一阶，又一阶，灰尘厚得完全遮掩了台阶，必须以手摸索人迹未至的阶梯。她快速爬行，在空虚的宝座后，格得忘了或掉了某样东西，某样对无数人民极端重要的东西，她必须找到，但不知那是什么。“一颗石头，一颗石头。”她告诉自己。但等她终于爬到，宝座后只有灰尘、猫头鹰粪便和灰尘。

弓忒高陵上的老法师之屋，格得在内室梦见自己仍是大法师，与朋友索理安走在通往学院师父会议厅的符文走廊。“许多年来，”他认真地告诉索理安，“我毫无半点力量。”召唤师父微笑说道：“你知道那只是梦。”但格得对于在自己身后拖曳过走廊地板上的修长漆黑翅膀感到不安。他耸耸肩，想抬起翅膀，它们却只像空袋子般摊在地上。“你有翅膀吗？”他问索理安，对方回答：“噢，有的。”语气安适，并让格得看看自己的翅膀，它们正被许多细小绳索绑缚在背与腿后。“我被绑得很紧。”索理安道。

柔克岛心成林间，形意师父阿兹弗如同往常，于夏夜中睡在树林东侧边缘一块开阔草地，抬起头，能透过叶子看见星辰。在此处，睡眠轻盈，透明，心绪由星辰与树叶的舞步引导，往返念头与梦境。但今晚毫无星辰，树叶不动。他抬头望入毫无光芒的天空，看穿云层。高远的黑暗天空中有星星，细小、明亮、静止，不会移动。他知道将没有日出……他终于坐起，神志清醒，凝视总悬浮在排排树木间的昏暗、柔细光芒，心脏缓慢而强烈地跳动。

宏轩馆中，沉睡的年轻人辗转反侧，大声呼叫，梦见必须在一片只有尘土的平原作战，但敌方战士是老人、老妇、衰弱病重的普通人与哭泣的孩童。

柔克师父们梦见有艘船越洋航来，负载重物，低压海面。有人梦到船上货物是黑岩，另一人梦到负载燃烧的火焰，更有人梦到货物是梦境。

睡在宏轩馆中的七名法师在石室中陆续醒来，变出一点假光，站起身。他们发现守门师父已起身，在大门边等待。“王即将到来，”他微笑说，“在天亮时抵达。”

“柔克圆丘。”托斯拉向前凝视西南方薄暮海浪上，遥远、模糊、毫无动静的波浪，身旁的黎白南一语不发。云层散去，天空在海面圆弧上罩下纯净无色圆拱。

船长加入，在沉默中悄声道：“美丽的清晨。”

东方缓缓亮成金黄。黎白南瞥向船尾，两名女子已经起身，站在船舱外的栏杆旁。高大的女子，赤足，沉默，凝望东方。

圆形绿丘捕捉最初的阳光。航入绥尔湾峡角时，天色大明。船上所有人都在甲板上观看，但依旧低声少言。

风在港口中止息，海面平静，水波映照湾边小镇及小镇上方的宏轩馆围墙。船向前滑行，速度一缓再缓。

黎白南瞥向船长与黑曜。船长点点头，巫师开始施咒，举起双手，缓缓外推，低声说出一词。

船轻柔地向前滑行，速度未曾减缓，直到靠上最长的码头。船长开口，大帆卷起，船员朝岸上抛掷绳索，打破沉默。

有人在码头等待迎接——聚集的镇民与一群来自学院的年轻人，其中一人魁梧，皮肤黝黑，握着等身长的沉重巫杖。桥板搭出，置稳时，男子向前数步："西地之王，欢迎来到柔克。我们同样欢迎你的同伴。"

同来的年轻人与镇民一致向王欢呼致意，黎白南走下桥板，愉快回应，向召唤师父道安，两人交谈片刻。

观看的人可以发现，召唤师父虽致欢迎之词，蹙眉眼神却一再飘向船身，看着站在栏杆边的女子，而他的回答未能令王满意。

黎白南步离，回到船上，伊芮安上前面对他说："陛下，你可以告诉师父，我不想进入他们的屋子……这一次，就算他们邀请我，我也不去。”

黎白南极端严肃地说：“邀请你去心成林会面的，是形意师父。”

伊芮安一听大笑，神情灿烂：“我就知道他会。恬哈弩跟我一起去。”

“还有妈妈。”恬哈弩悄声说。

黎白南望向恬娜，她点点头。

“那就这样吧。我们其余人则住宏轩馆，除非还有人偏好别处。”

“大人，请您允许，”塞波说，“我也想请形意师父收留。”

“塞波，不需如此，”黑曜粗声说，“跟我一起去我屋内。”

帕恩巫师微微比出安抚手势，说：“吾友，与你的友人们无关。我一辈子渴望在心成林中行走，在那里我也比较安心。”

“也许宏轩馆之门会像之前那样，拒绝对我开启。”赤杨迟疑地说，黑曜灰黄肤色则因羞愧而赤红。

公主头覆薄纱，看向一张张脸，殷切聆听，试图理解旁人说些什么。如今她说：“请你，国王大人，我要跟朋友恬娜一起？我朋友恬哈弩？还有伊芮安？还有去跟那卡耳格人说话？”

黎白南看着众人，朝站在船板底的壮硕召唤师父瞥了一眼，大笑，以清澈友善的声音自栏杆发话：“召唤师父，我的部下困在舱房里太久了，他们似乎渴望能脚踏青草，头顶树叶。若我们都恳求形意师父收容，他也同意，你是否会原谅我们暂时婉拒宏轩馆的邀请？”

一阵静默后，召唤师父僵硬鞠躬。

一名矮小圆胖男子来到码头，站在召唤师父身侧，微笑抬头望向黎白南，举起银色巫杖。

“陛下，”男子说道，“很久以前，我曾带您绕过一次宏轩馆，扯了许多漫天大谎。”

“阿赌！”黎白南唤道，两人在桥板中央会合，相拥，边聊边下到码头。

黑曜首先跟随，庄重多礼地向召唤师父道安，然后转向名为阿赌的男子。“你如今是风钥师父？”黑曜质问，阿赌大笑承认，黑曜拥抱阿赌，说道：“当得好！”并将阿赌拉到一旁，开始皱眉、急切地交谈。

黎白南望向船，示意其余人上岸。众人陆续下船后，他介绍两位柔克师父：召唤师父烙德、风钥师父阿赌。

群岛王国多数岛屿并不行英拉德以掌心相碰的习俗，只会垂首，或双手在心口前摊开，比出奉献手势。伊芮安与召唤师父相见时，既未鞠躬，也未比出手势，只是双手垂在身侧，僵硬对峙。

公主背脊挺直，屈膝行礼。

恬娜比出平常人相会时的礼貌手势，召唤师父同样回应。

“这是弓忒之女，大法师之女，恬哈弩。”黎白南说。恬哈弩低下头，做出一般礼貌手势，但召唤师父震惊地盯视，倒喘一口气，仿佛遭受重击，往后退了一步。

“恬哈弩女士！”阿赌连忙说，上前一步挡在两人之间，“欢迎您前来柔克，令尊、令堂，以及您的尊贵身份，让我们蓬荜生辉。旅程还顺利吧？”

恬哈弩迷惘地看着阿赌，没有鞠躬，而是压低头隐藏脸庞，悄声作出某种回应。

黎白南的脸庞宛如平静的金铜面具，回道：“是的，阿赌，旅程很顺利，但旅程终点仍是未定。我们进镇吧。恬娜、恬哈弩、公主、奥姆伊芮安？”他边念边看着每个人的脸，特别强调最后一个名字。

黎白南与恬娜领先在前，其余人尾随。赛瑟菈奇从桥板上下来时，坚决地将红薄纱自脸前拨开。

阿赌与黑曜、赤杨与塞波，两两并肩共行；托斯拉留船看守。召唤师父烙德最后离开码头独行，脚步沉重。

恬娜曾多次询问格得心成林之事，喜欢听格得形容："初看，会以为跟一般树林别无二致。心成林不大，北与东紧接田野，南贴山丘，西方通常也是……看来不甚起眼，却吸引目光。有时从柔克圆丘上，可以看到心成林是片绵延不绝的森林，即使看穿眼，也看不见尽头，直朝西方延伸……走在里面又显平凡无比，那里的树多半是一种只生长在那里的品种，高大、褐色树干，有点类似橡树，又有点像栗树。"

"叫什么名字？"

格得笑道："太古语是'阿哈达'，赫语则是'树'……心成林的树……叶子不会全在秋天变色，而是每季变一点，所以叶色总是绿中泛金。即使在阴暗天气，树木似乎都蕴含阳光；夜晚，树下不会完全黑暗，叶隙有某种闪烁光芒，有如月光或星光。那里长有柳树、橡树、冷杉等树种，但林子深处则只有心成林的树。那些树的根扎得比岛屿的树根还深，有些非常巨大，有些很纤细，但极少见到倒落枯木，小树也很少见。树龄非常、非常久。”格得语调变得柔软，梦幻，“可以在树下阴影、在光芒下不停向前行走，却永远达不到尽头。”

“但柔克岛有这么大吗？”

格得平和地看向恬娜，脸带微笑：“弓忒山上的森林就是那片森林，所有森林都是。”

如今她目睹心成林。一行人尾随黎白南，穿越绥尔镇狡猞多变的街道，引出一群镇民与孩童，前来欣赏、迎接王。访客从一条穿过矮树丛与农场间的小径离开镇上，欢欣鼓舞的追随者渐渐散去，小径渐渐隐匿成一条步道，行经高大浑圆的柔克圆丘。

格得也告诉过恬娜圆丘的事。他说，在圆丘，所有魔法都变得强大，万物均是真实面貌。“在那里，我们的巫术与大地太古之力相会，合而为一。”

风在山上的半干长草间穿动，一匹小驴子脚步笨拙地奔过只剩残株的田野，甩动尾巴，牛群缓缓沿着横越小溪的篱笆成列迈步。前方长着树木，深色的树木，满是阴影。

众人跟随黎白南爬越一道篱梯，走过小桥，来到树林边缘阳光普照的草地。小河附近有间年久失修的小屋。伊芮安脱队，奔越草地来到屋前，拍抚门框，有如拍抚迎接久未见到的爱马或爱犬。“亲爱的小屋！”她转向其他人，微笑道，“我还叫蜻蜓时，住过这里。”

伊芮安环顾四周，搜索树林深处，再度跑向前。“阿兹弗！”她唤。

一名男子从树下阴影走入阳光，头发在阳光下如银箔闪闪发光。伊芮安跑向他，他停步，朝她抬起双手，她紧握。“我不会烧到你，这次不会烧到你。”伊芮安说，又哭又笑，却未流出半滴眼泪，“我把火掩住了！”

两人拉近彼此，面对面站着，他对伊芮安说：“凯拉辛之女，欢迎回家。”

“阿兹弗，我的姊妹和我在一起。”

形意师父转过脸，直直望向恬哈弩，恬娜看到一张皮肤白皙、刚毅的卡耳格脸。他来到恬哈弩面前，在她跟前双膝跪地。“哈玛·弓登！”然后再次说，“凯拉辛之女。”

恬哈弩静立片刻，终于，缓缓伸出手，右手，烧伤的枯爪。

阿兹弗握住，俯头、亲吻。

“我很荣幸预言了你到来，弓忒之女。”他以欢快的温柔语调说。

他起身，终于转向黎白南，鞠躬说：“陛下，欢迎。”

“形意师父，再次见到你真令我满心喜悦！但我带来一群人打扰你的独居生活。”

“我的独居生活已经很挤了，”形意师父说，“几个活人可能有助于维持平衡。”

他灰蓝带绿的眼睛环视众人，突然一笑，充满温暖，在如此刚毅的脸上显得格外出奇。“但这里有我族女子。”他以卡耳格语说，走向并肩站立的恬娜与赛瑟菈奇。

“我是峨团……弓忒之恬娜。在我身边是卡耳格大陆第一公主。”

师父彬彬有礼地鞠个躬，赛瑟菈奇照例行了僵直的屈膝礼，但卡耳格语滔滔不绝涌出：“噢，祭司大人，我真高兴你在这里！如果没有我朋友恬娜，我早疯了，感觉除了那些从阿瓦巴斯来的白痴侍女外，世上没有人会说人话——但我正学习像他们一般说话——我也学习勇气，恬娜是我的朋友与导师。但昨夜我打破禁忌！我打破禁忌！噢，祭司大人，请告诉我该如何才能赎罪！我踏上龙道了！”

“但你在船上，公主。”恬娜说。

“我梦到的。”赛瑟菈奇不耐烦地说。

恬娜又道：“形意师父不是祭司，而是……术士……”

“公主，”阿兹弗说，“我想我们都踏上了龙道，所有禁忌也将撼动、打破，不只在梦里。等会儿到树下继续详谈，不要害怕。若你愿意，能否先让我迎接我的朋友？”

赛瑟菈奇尊贵地点点头，阿兹弗转身迎接赤杨与黑曜。

公主看着他，以卡耳格语满意地对恬娜说：“他是战士，不是祭司。祭司没有朋友。”

众人缓缓前行，来到树荫下。

恬娜抬头望入纵横交错的树枝、层叠堆砌的树叶，看到橡树及一棵巨大寒檞树，但大多仍为心成林之树。椭圆形叶片在风中灵动摆荡，宛如山杨及鹅掌楸的叶子；有些叶片已转黄，树根四周也散落金色与褐色，晨光中的叶色则是夏日的绿，满是阴影与深沉的光芒。

形意师父带领众人走上树间小径。恬娜想到格得，忆起他形容此地时的语调。自从初夏与恬哈弩在门庭前与格得道别，下山到弓忒港搭乘皇家船舰去黑弗诺，她从未如此刻感觉与他如此贴近。很久以前，格得曾与形意师父住在这里，也曾一同在此处行走，她知道心成林对格得而言，是万物中心、神圣处所、宁静之源，她仿佛只要抬头，就能在绵长、洒满阳光的空地尽头看到格得。这念头令她心安。

昨晚的梦境令恬娜不安，赛瑟菈奇道出打破禁忌的梦境时，恬娜极为震惊。她在自己梦中也打破禁忌，僭越，爬上通往空宝座的最后三级台阶，禁忌的台阶。峨团陵墓早已属于过往，位在远方，或许大地震早已摧毁取走她真名之处，宝座或台阶半点不剩。大地太古之力虽在那里，却也在此处，未曾改变或移动，太古之力正是地震，正是大地，其正义并非人之正义。她走过柔克圆丘，知道自己走在所有力量汇合之处。

很久以前她背叛了太古之力，逃离陵墓掌握，偷走宝藏，逃来西方。但它们在这里，就在脚下，在这些树根里，在这座山的根里。

在大地力量汇合的中心，人类力量亦会合，王、公主、巫术师父，还有龙。

还有女祭司小偷变成的农妇，与一名心碎的村野术士……

她转头看赤杨，他走在恬哈弩身边，两人安静交谈。他是恬哈弩最常主动说话的对象，甚至超过伊芮安，和他在一起，恬哈弩也显得自在。看着两人，令恬娜心情轻松，她继续行走在大树下，让意识滑入充满绿光与飘荡树叶的半冥想中。走不了多远，形意师父停步，令她十分遗憾，希望自己可以永远在心成林中行走。

众人聚集在绿草如茵的林间空地上，枝叶未交及处，视线朝天空大开。绥尔河支流从一边流泻而过，柳树与赤杨木生长在河边。离小河不远，有间石头与草泥搭建的低矮房子，其貌不扬，墙边接着一间较高的单坡小屋，以柳条与编织芦苇建成。“我的冬宫，我的夏宫。”阿兹弗说。

黑曜与黎白南惊讶地盯视这些房舍，伊芮安说：“我从来不知道你有房子！”

“以前没有，”形意师父说，“但现在骨头老了。”

来往船与森林间搬运数趟后，床榻安置妥当，房子给女士，单坡小屋给男士。男孩在宏轩馆厨房与心成林间穿梭，运来丰富的食物。向晚，柔克师父应形意师父之邀，前来与王等一行人相会。

“他们聚集在此遴选大法师吗？”恬娜询问黑曜，因格得曾提过那处秘密林地。

黑曜摇摇头："我想不是，王才知道。他们上次聚集时，王也在，但或许只有形意师父能回答，因这林内一切都会改变，你知道的，事物的位置无绝对。我想其中的路也不总是相同。"

"这件事听来骇人，"恬娜说，"但我似乎不怕。"

黑曜微笑："的确如此。"

恬娜看着众师父走入空地，由高壮如熊的召唤师父与年轻的天候师父阿赌带领。黑曜介绍其他人，变换师父、诵唱师父、药草师父、手师父，每人都灰发苍苍。变换师父因年岁衰老，将巫杖当拐杖；皮肤光滑、杏眼的守门师父既不年轻，也不年老；最后进入空地的名字师父年约四十，脸庞冷静，高深莫测，对王自我介绍，自称坷瑞卡墨瑞坷。

一听此语，伊芮安气愤地爆发出："你才不是！"

名字师父看着伊芮安，平和说道："这是名字师父的真名。"

"那我的坷瑞卡墨瑞坷已经死了？"

师父点点头。

"噢！"伊芮安高喊，"真令我难以忍受！我在这里孤立无援时，他曾是我朋友！"她转过头不愿面对名字师父，愤怒而无泪地沉浸在哀伤中。她亲密迎接药草师父与守门师父，却未对其他人说话。

恬娜看到几位师父不安地从灰白眉毛下看着伊芮安。

他们将眼神从伊芮安身上转向恬哈弩，再次转开，又从眼角瞥回去。恬娜开始揣想，他们以巫师之眼看着恬哈弩与伊芮安时，看到些什么。

因此她促自己原谅召唤师父初见恬哈弩时表现出的粗野和明显的憎恶。也许那并非憎恶，而是敬畏。

众人相互介绍完毕，围成圆圈坐下，有需要的人坐在软垫及板凳上，其余人则以草地为毯，天空与叶片为顶幕。形意师父带有卡耳格腔调的声音说："诸位师父，若王愿意，请王发言。"

黎白南起立说话，恬娜带着难以扼抑的骄傲看着，青春的他如此英俊、如此睿智！起初她未听清楚每个字，只听出话语中的梗概与热情。

黎白南简短而清晰地告诉众师父，令他前来柔克的缘由：龙与梦。

他下结论："随着每夜过去，这些事似乎更确定指向某件事，某种结果渐趋聚合。若在这里，在这片土地上，有诸位的知识与力量协助，我们便能预见、迎向那件事，不让它超出我们的理解范围。最睿智的法师曾预言，某种巨变正降临在我们身上，我们必须团结一致，了解那是何种变化、缘由、发展，阻止随之而来的争端与毁灭，不容许它影响世界和谐与和平，因为我以和谐与和平为治。”

召唤师父烙德起身响应，庄重致敬，特别欢迎第一公主的来临，说：“柔克师父与巫师皆同意，人类梦境，甚至不只梦境，都警示巨变来临，也确信生死疆界遭受严重纷扰、僭越，甚至有更严重的威胁。但我们怀疑除了魔法师父外，是否有别人能理解或控制纷扰？另外，我们能否相信生死与人类完全不同的龙族，愿为人类福祉放弃狂野的怒气与嫉妒？”

“召唤师父，”黎白南在伊芮安开口前便说，“奥姆安霸在偕勒多为我而死，凯拉辛载我返回，取得王座。在这圈子里，坐着卡耳格族、赫族，与西方之民三个种族。”

“这些人曾是同一族。”名字师父平淡无调地说。

“今非昔比。”召唤师父说，字字沉重清晰，“陛下，忠言逆耳！我尊重你与龙族缔结的停战协议。度过眼前危险后，柔克会协助黑弗诺，共寻与龙族缔结永久和平之法，但龙族与降临在我们身上的危机毫无关连，东方族群亦是，他们遗忘创生语时，便已放弃永生不灭的灵魂！”

“厄司·艾姆拉。”恬哈弩站起身，以轻柔且带着气音的语调说。

召唤师父呆望向她。

“我们的语言。”恬哈弩以赫语重述，回应他的注视。

伊芮安大笑：“厄司·艾姆拉。”

“你们不是永生不灭，”原本不打算开口的恬娜对召唤师父说，她未起身，词句爆发如敲击岩石迸出的火花，“我们才是！我们死亡，是为了与永生的世界重合，放弃永生的是你们！”

众人突然安静下来，因形意师父方才比出个小手势，双手温柔一动。

他的神情专注，平静，盘坐草地上，研究双腿前以细枝与叶片拼凑的图形，抬起头，环顾众人：“我想我们再过不久就要去那里。”

又一阵静默，黎白南问：“去哪里，大人？”

“黑暗中。”形意师父说。

赤杨盘坐在地，聆听众人讨论。语音渐渐淡去，减弱，夏末近晚的温暖阳光退入黑暗，只剩下树，那是在空茫天地间，高大盲然的存在。世上最古老的大地之子兮果乙，赤杨在心中说道，被创者与创世者，让我来到你跟前。

黑暗继续向前伸展，越过树林，越过一切。

全然的虚无之前，他看到山，那座离开小镇时在右方的高耸山丘，看到通往山对面的路途、小径，以及上面的尘土与石块。

如今他背离小径，离开众人，走上山坡。

草长得很高，星花草开尽的花蒂在长草间点头。他来到狭窄小径，沿着走上陡峭山边。我是我自己，赤杨在心中说道，兮果乙，世界多美丽，让我透过世界来到你跟前。

我可以再次进行与生俱来的工作，赤杨边走边想，可以修补毁坏事物，能令它重合。

他抵达山顶，站在点头的长草间、山风里、阳光下，在右方看到田野、小镇屋顶与宏轩馆、岛外的明亮海湾及大海；若转头，会在身后、在西方看到无尽森林中的树木，渐渐晕退成遥远的淡蓝；面前，山坡隐约灰暗，可以看到向下延伸到石墙与墙后的黑暗，以及在墙边聚集、呼唤的阴影。我会去，他对阴影说道，我会去！

一阵温暖散落在肩头与双手，风吹动顶上树叶。有人的声音，有人在说话，而非呼喊，未呼喊他的名字。形意师父隔着草圈观察他，召唤师父也是。他低下头，心神迷茫，试图聆听。他收敛心神，专注倾听。

王正在说话，运用所有技巧与意志力，让这群性情刚烈、任性而为的男女朝同一目的合作：“各位柔克师父，让我试着陈述在航程中，我从第一公主处得知的事情。公主，我能代你叙述吗？”

公主裸露着脸，隔着圆圈凝视黎白南，庄重地点头示意。

“这是公主的故事。很久以前，人与龙是同一族，说同一种语言，但因追求不同事物，双方同意分开，去向不同的方向。这协议叫夫都南。”

黑曜抬起头，塞波明亮的黑眼闪闪发光，轻声说：“夫尔纳登。”

“人往东，龙往西；人放弃创生语，换来双手技术、手艺，拥有双手所能创造的事物，龙则放弃这一切，保留太古语。”

“还有翅膀。”伊芮安说。

“还有翅膀。”黎白南复述，擒住阿兹弗双眼，“形意师父，或许你比我更适合说这故事。”

阿兹弗接道："弓忒及胡珥胡的村民，还记得被柔克智者与卡瑞构祭司遗忘的事物。没错，当我还是孩子时，有人跟我说过这故事，或类似情节，但故事中的龙遭遗漏忘却。故事叙述群岛王国的黑族如何打破誓言。卡耳格族承诺放弃巫术及法术语言，只说通用话，不会命名，不会念咒，仰仗兮果乙，仰仗大地之母，亦即战神母亲的力量。但黑族打破协定，以技艺网住创生语，以符文写下，保留，教导，使用，他们以双手技巧，以念诵真字的虚假口舌，用创生语缔造咒文。因此卡耳格人永远不能相信黑族，故事便是如此。"

伊芮安开口："人类害怕死亡，龙族却不然。人类想拥有生命，占有它，仿佛它是盒中珠宝。古代法师渴求永恒生命，透过真名阻止凡人死亡，但无法死亡的人也永远无法重生。"

"真名与龙是一体两面。"名字师父坷瑞卡墨瑞坷说，"人类在夫尔纳登时失去真名，但我们学会如何重新取回，真名便是自己。为何死亡能改变这点？"

他看向召唤师父，但烙德沉郁地坐着，聆听，不愿说话。

"师父，若你愿意，请继续说。"王说道。

"我说的是半学半猜的事情，不来自乡谈野事，而是孤立塔中最古老的纪录。在英拉德岛最初的王出现前一千年，伊亚与索利亚岛上，有最初也是最伟大的法师，创符者。他们最先学会撰写创生文字，创造龙从未学习的符文，教导我们赋予每个灵魂真名。真名便是真实、自我，他们凭借力量，赐予拥有真名的人在肉体死亡后的生命。”

“永恒的生命。”塞波轻软的语音包围词语，略带微笑说，“在一片有河流、高山、美丽城市的大地上，再无艰辛或苦痛，自我将永久存活，毫无改变，永无改变，永远……那是古老帕恩智慧的梦想……”

“在哪里？”召唤师父问，“那片土地在哪里？”

“在另一个世界之风上，在西之西处。”伊芮安轻蔑、烦躁地环顾众人，“你们以为我们龙族只会在这世界的风上飞行吗？你们以为我们放弃所有而换来的自由，与蠢笨海鸥的自由相差无几？你们以为我们的领土，是在你们富庶岛屿边缘的几块小岩石？你们拥有大地，拥有海洋，但我族是阳光的火焰，御风而翔！你们想拥有土地，想创造、保留事物，你们得到了。这就是分离，就是夫尔纳登，但你们不满足于得到的那份，不只想要自己的忧虑，更想要我们的自由。你们想要风！凭借毁誓者的咒文与巫术，偷去属于我族的半片领土，隔绝生命与光芒，好永远生活在那里！小偷！叛徒！”

“姊妹，”恬哈弩说，“这些不是偷窃的人，而是付出代价的人。”

她沙哑低沉的声音带来一阵静默。

“代价是什么？”名字师父问。

恬哈弩望向伊芮安，伊芮安迟疑片刻，较为收敛地说：“贪婪熄灭白日，凯拉辛这么说。”

阿兹弗开口，望向空地对面成排树木，眼光似乎追描出树叶的些微飘动：“古人发现龙的领域不限于躯体，他们发现龙可以超越……时间，也许是如此……他们嫉妒这份自由，便跟随龙族道路，进入西之西处。他们将该处一半领土占为己有，一个不存在时间的领域，好让自我永久留存。但人的自我不能像龙一样与肉身同在，只有人类的灵魂能去该处……他们因畏惧龙族的怒气，建起一道无论人或龙的肉体都无法跨越的围墙，他们用命名技艺在西方诸岛铺撒一张大咒文网，岛民死后，就会去到西之西处，灵魅永远居留在那里。

“但墙壁建起、咒文施毕后，墙内的风停止吹拂，大海退干，甘泉枯竭，日出的高山成为夜晚的高山，死者去的是一片黑暗大陆、干旱的境域。”

“我曾走在那片土地上。”黎白南语调低沉而不情愿地说，“我不害怕死亡，但我害怕那里。”

沉默笼罩。

召唤师父以粗糙、不情愿的声音说：“喀布与索理安试图打破那道墙，好令死者复生。”

“不是复生，大师，”塞波说，“他们像创符者一样，依然在寻求脱离躯体、永生不死的自我。”

“但他们的咒文惊扰了那地方，”召唤师父闷郁地说，“龙族因而忆起远古的错误……因此亡灵如今越过围墙，渴望重新回到生界。”

赤杨起身说：“他们渴望的不是生界，是死亡，渴望再次与大地合一、重合。”

众人望向赤杨，但他对此近乎毫无所感，只有一半意识与众人同在，另一半则在旱域。他脚下的草地既是碧绿而阳光满布，亦是死枯而昏暗不明；树叶在他头顶颤动，低矮石墙在不远处，就在黑暗山脚下。众人中，他只看得到恬哈弩，虽无法清楚分辨出她的身影，却知道她站在他与墙之间。他对她说：“他们建起墙，却拆不掉。恬哈弩，你愿帮助我吗？”

“我会的，哈芮。”恬哈弩说。

一道阴影冲入两人之间，一捆巨大的黑暗力量隐蔽她，擒牢、束缚他。他挣扎，喘息，无法呼吸，在黑暗中看到赤红火焰，然后一切消失。

西方诸岛之王与柔克师父，地海两大力量，齐聚草地边缘，在星光下会合。

“赤杨能活吗？”召唤师父问，黎白南答：“药草师父说他已脱离险境。”

“我错了，”召唤师父说，“我很后悔。”

“你为何召唤赤杨回来？”王问，并非责怪，但想得到答案。

良久，召唤师父沉郁地说：“因为我有力量这么做。”

两人沉默着踏上大树间的开阔小径，左右一片漆黑，但脚下照耀着灰白星光。

“我错了。但想死是不对的。”召唤师父口音带有东陲的浓重卷音，低低说道，近乎恳求，“对年老、病重的人而言，或许该是如此。但生命是我们领受的赐礼，想保留、珍视这份伟大赐礼，怎么会错！”

“死亡也是我们领受的赐礼。”王说。

赤杨躺在草上一方软垫。形意师父说他该躺在星辰下，老药草师父也同意。他沉睡，恬哈弩静静坐在身边。

恬娜坐在低矮石屋的门口，看着恬哈弩。夏末的主要星辰在空地上闪耀，其中最高的星便叫作恬哈弩、天鹅之心，苍拱的中心。

赛瑟菈奇安静地走出屋子，到门口边，在恬娜身旁坐下。她取下固定面纱的金环，让金褐的浓密长发随意披散。

“噢，朋友，”公主呢喃，“我们会变成怎么样？死者正朝这里来，你感觉得到吗？像涨起的潮汐，越过石墙。我想无人能阻止。几百年来，所有死人，此刻皆自西方诸岛的坟墓而出……”

恬娜的脑海与血脉均感受到击打、呼唤，如今她与众人皆知晓赤杨所知的事物。但她攀附住信念，即便如今只剩希望。“赛瑟菈奇，他们只是死人。我们建起一道虚假的墙，必须拆除，但真实的墙也存在。”

恬哈弩起身，轻轻走到两人身边，坐在两人脚下石阶上。

“他没事了，正在睡觉。”恬哈弩悄语。

“你刚跟他在那里吗？”恬娜问。

恬哈弩点点头：“我们站在墙边。”

“召唤师父做了什么？”

“师父召唤他……硬把他带回来。”

“带回生界？”

“带回生界。”

“我不知道哪个较可怕，”恬娜说，“是死，或是生？真希望能免于恐惧！”

赛瑟菈奇的脸与温暖的波浪秀发靠向恬娜肩膀片刻，轻轻一抚。“你很勇敢，勇敢。”公主喃喃道，“但我，噢！我怕海！我怕死亡！”

恬哈弩安静端坐。借着悬挂枝叶间的微弱温柔光芒，恬娜可以看到女儿纤细的手盖在烧伤扭曲的手之上。

“我想，”恬哈弩以小而奇特的声音说，“死后，我可以吐回让我存活的气息，可以将未做的一切还诸世界，所有我可能成为与不能成为的一切，所有我未作的选择，失去、耗用及浪费的一切，可以全部还诸世界，送给尚未活过的生命。那将是我对世界的回报，感谢它赐予我活过的生命、爱过的挚爱，与呼吸过的气息。”

她抬头望向星辰，叹口气，低声说：“不过那是很久以后的事。”她转头望向恬娜。

赛瑟菈奇轻轻抚过恬娜的头发，站起身，默默进入屋内。

“妈妈，我想不久后……”

“我知道。”

“我不想离开你。”

“你必须离开我。”

“我明白。”

两人继续坐在心成林中闪闪发光的黑暗间，相对无语。

“看！”恬哈弩喃喃。一颗流星划越天际，迅速消失，光之轨迹缓慢消退。

五名巫师坐在星光下。“看。”一人说，抬手画出流星轨迹。

“是濒死之龙的灵魂。”阿兹弗说，“卡瑞构人这么说。”

“龙会死吗？”黑曜若有所思地说，“我想，它们的死亡不同于我们。”

“它们的生命也与我们不同，它们在世界间来去自如，奥姆伊芮安是这么说的。从这世界的风到另一个世界的风中。”

“我们也尝试过，”塞波说，“却失败了。”

阿赌好奇地望着他：“长久以来，你们在帕恩都知道我们今天听到的故事，一直拥有这份知识吗？就是关于龙与人的分裂，还有旱域的创造？”

“跟今天所听的观点不同。我受的教诲是，夫尔纳登是魔法技艺的第一个伟大成功例子，巫术的目标就是征服时间，永生不死……也因此带来帕恩智识所造成的恶果。”

“至少你们保留了我们鄙弃的大地之母的智识。”黑曜说，“阿兹弗，你的族人也是。”

“这个嘛……你的族人也懂得把宏轩馆建在这里啊。”形意师父微笑说。

“但我们建得不对，”黑曜说，“我们所建的一切都是错误。”

“所以必须拆毁。”塞波说。

“不行，”阿赌说，“我们不是龙，我们要住在屋里。至少要有几面墙。”

“只要风能从窗户来去就够了。”阿兹弗道。

“那谁会从门口进入呢？”守门师父以平和的语气问。

一阵静默。一只蟋蟀在空地另一端勤奋唱奏多时，暂停片刻，再度开始。

“龙？”阿兹弗问。

守门师父摇摇头：“或许之前开始而又遭受背叛的分裂，将要完满结束。龙会得到自由而离去，留下我们面对之前所做的选择。”

“对善恶的了解。”黑曜说。

“创造、塑造的喜悦，”塞波说，“我们掌握的技艺。”

“还有贪婪、软弱与恐惧。”阿兹弗说。

另一只较靠近溪边的蟋蟀响应第一只的呼唤，两只蟋蟀不规律地一搭一唱。

“我怕，”阿赌说，“怕到不敢说的是……龙离开后，说不定我们掌握的技艺也会与之同去。我们的技艺、我们的魔法。”

其余人的沉默显示同样的恐惧，但守门师父终于开口，语调轻缓却确定：“我想不会。没错，龙是创世者，但我们也学会了创世，转化成自己的技能，无从剥夺。要失去，我们得先遗忘、抛弃。”

“像我族人一样。”阿兹弗道。

“但你的族人记得大地是什么，永恒的生命是什么，”塞波说，“而我们忘了。”

漫长的沉默再度降临。

“我可以向墙伸出手，”阿赌以极低的语调说，“他们近了，很近。”

“我们该如何知晓，该做些什么？”黑曜问。

阿兹弗对随着问题而来的沉默回答：“有一次，大法师和我在心成林里时，他对我说，他花了一辈子学习如何选择去做别无选择，却不得不做的事情。”

“我真希望他现在就在这里。”黑曜说。

“他已完成愿行。”守门师父喃喃，微笑。

“但我们还没有。我们正在绝壁的边缘讨论，心知肚明。”黑曜环顾众人在星光下的脸庞，“死者对我们有何要求？”

“龙对我们有何要求？”阿赌问，“这些是龙的女人、是女人的龙，她们为何在此？我们能信任她们吗？”

“有选择吗？”守门师父问。

“我想没有。”形意师父回答，语气出现一丝刚硬，宛如剑锋，“我们只能跟随。”

“跟随龙？”阿赌问。

阿兹弗摇摇头：“赤杨。”

“形意，他怎么算得上向导？”阿赌说，“他只是从村庄来的修补师！”

黑曜说：“赤杨的智慧存在他手中，而非脑袋里。他依随自己的心意，绝无引导我们的企图。”

“但他是遴选而出的人。”

“谁选择他？”塞波轻声问。

形意师父回答：“死者。”

众人沉默而坐。蟋蟀停止鸣叫，两个高大身影穿越星光染灰的长草而来。“我和烙德能跟你们坐一会儿吗？”黎白南问，“今晚无人能安眠。”

格得坐在高陵台阶上看着海上星辰。一个多小时前他进屋睡觉，但一闭眼就看到山坡，听到声音如浪潮涌起。他立刻起身，走到屋外，到能观察星辰移动的地方。

他很疲累，眼睛一闭便站在石墙边，心中充满冰冷恐惧，害怕自己将永远留在那里，不知道回归的道路。他终于对这份恐惧感到厌烦、不耐，再度起身，从屋里提出一盏灯笼，点亮，朝蘑丝家走去。蘑丝不一定会害怕，她已活到快接近石墙，但石南一定十分恐慌，而蘑丝无力安抚。无论必须采取何种行动，如今已非他能力所及，但至少能去安抚那可怜的弱智女子。他可以告诉石南，只是梦。

在黑暗中前进非常困难，灯笼令小路上的小东西都投射出长长的影子，步行速度比预期更慢，有时他还跌撞数步。

虽然已晚，村里的鳏夫屋内依然点着灯。村庄里有小孩哭闹，妈妈，妈妈，为什么有人在哭？妈妈，谁在哭？别处也无人能安睡，格得心想，今夜地海，无论何处，都无人能安睡。他一边想，一边微微咧嘴而笑。他向来喜欢这宁静的瞬间，充满恐惧的瞬间宁静，天地变色前的片刻。

赤杨苏醒。他躺在地上，感觉大地在身下的深度，明亮星辰在眼前燃烧，夏日星辰随着风的吹拂在叶片间移动，随着世界之轮在东西间移动。他凝望片刻，任由其遁没。

恬哈弩在山上等着他。

“哈芮，我们必须怎么做？”恬哈弩问。

“我们必须修复世界，”哈芮微笑道，心情终于轻松，“我们必须打破墙。”

“他们能帮忙吗？”恬哈弩问，因如今无言死者在山下黑暗里聚集成群，宛如数不尽的草叶、沙粒或星星，犹如灵魂形成的辽阔昏暗沙滩。

“不能，”哈芮说，“但或许别人可以。”他走下山到墙边，这段墙比腰略高，他碰触其中一块顶盖石，试图推动。石头牢不可动，或许比寻常石头更沉，他抬不动，无法撼动半寸。

恬哈弩来到身边。“帮帮我。”哈芮说。她将手放在石头上，人手与烧伤的爪一起，尽力握住，像他方才般抬拉石块。石头动了动，又动了动。“推！”两人一同缓缓推移，石块与之下的岩块大力摩擦，直到随着闷重声响落下墙的另一头。

下一块石头稍小，两人可以一同抬起，让它落在近侧的尘土之中。

一阵战栗穿过脚下地面。石墙中堵塞空隙的小碎石块颤抖，伴随漫长一声叹息，无数死者靠近围墙。

形意师父突然起身聆听。空地周围的叶子喧闹不止，心成林中的树木弯倒颤抖，仿佛受到强风吹拂，但林中无风。

“改变开始了。”他离开众人，走入树下黑暗。

召唤师父、守门师父与塞波一同站起，快步安静跟随，阿赌与黑曜稍慢地跟在后头。

黎白南站起，跟在其他人身后走了几步，迟疑片刻，赶忙越过空地，来到石头与草泥搭建的矮屋。“伊芮安！”他在黑暗门前探身，“伊芮安，你能带我一起去吗？”

伊芮安走出屋内，微笑，周身散发火焰般的光芒。“那来吧。快！”她拉住他的手。她将他抬入另一个世界的风中，她的手像燃烧煤炭般滚烫。

少顷，赛瑟菈奇走出房子，来到星光下，身后跟着恬娜。两人立定，环顾四周。毫无动静，树木恢复静止。

“他们都走了。”赛瑟菈奇悄声说，“进入龙道。”

她向前一步，凝视黑暗。

“恬娜，我们该怎么办？”

“看家。”

“噢！”赛瑟菈奇突地跪下，看到黎白南躺在门口，面朝下趴在草地上。“他没死……我想……噢，我亲爱的国王大人，不要走，不要死！”

“他跟别人在一起。陪着他，帮他保暖，赛瑟菈奇，好好看家。”恬娜走到赤杨平躺处，他呆滞无神的眼睛转向星辰。她坐在他身旁，摸着他的手。等待。

赤杨几乎动不了手中石头，但召唤师父来到身边，弯下腰以肩抵住石块，说：“来！”两人一同推，直到石块晃动，以同样沉重的声响落在墙的对侧。

如今有别人陪着他与恬哈弩拖扭石块，将石块抛在墙边。赤杨看到自己的手突然在一道红色光芒中投射出影子。奥姆伊芮安又变成他首次见到时的龙形，正奋力推移最低排的一块深埋巨石，吐出火焰，利爪刮出火花，长满长刺的背拱起，石块笨重滚开，将那一段墙完全推倒。

墙那端的影子发出巨大的轻柔呼喊，宛如波浪敲击空洞海岸，黑暗身影贴涌墙边。赤杨抬起头，发现对面已不再黑暗，光芒在星辰从未移动的天空中移动，遥远的黑暗西方迅速闪出火花。

“凯拉辛！”

是恬哈弩的声音。赤杨看向她，她正抬头朝上方、西方望去。她无心看地。

她抬起手臂，火焰沿着双手、双臂烧入头发、脸跟身体，爆发成巨硕翅膀，将她抬入空中，成为浑身是火、熊熊燃烧、美丽无伦的身形。

她大声呼喊，嘹亮却没有意义，她高高升起，笔直快速地朝逐渐明亮的天际飞去，那里出现一道白风，抹拭毫无意义的星辰。

成群死者中有零星身影，像她一般闪烁飞升，化为龙形，飞驾风上。

其余多数则步行向前，不推挤，不呼喊，不疾不徐地稳步朝墙壁坍塌处走去。男女无以计数，毫不迟疑地跨越破碎石墙，一踏过便消失无踪，化成一缕灰尘、一口在逐渐增强的光芒中发光片刻的气息。

赤杨观看，几乎忘了手中犹自握着一块从墙上拔下、用以松动一块大石的塞孔石。他看着死者自由，终于看见她。他抛去石块，向前一步，唤道："百合！"她看到他，微笑，伸出手。他握住百合的手，一同跨越，进入阳光。

黎白南站在毁坏的墙边，看着晨曦在东方亮起。以往没有方向、无处可去的地方，如今已有东方。大地撼动，宛如巨兽摇晃颤抖，令尚未破坏的部分亦震动坍塌成碎石。火焰自遥远漆黑、名为苦楚的山脉迸发，那是在世界心脏中燃烧的火焰，喂养龙群的火焰。

他望向山脉上的天空，看见龙在晨风上飞翔，一如与格得曾在西海所见。

三只龙转弯，朝众人站立之处，靠近山顶、高于碎墙的位置飞来。黎白南识得其中两只是奥姆伊芮安与凯拉辛，第三只龙有晶亮的金色皮甲及金色翅膀。那龙飞得最高，未朝众人低飞，奥姆伊芮安在空中围绕它，一同高飞，愈攀愈高，追逐彼此，直到初升太阳最高的光芒突然照耀在恬哈弩身上，令她灿烂燃烧，正如其名——一颗明亮巨星。

凯拉辛再度盘旋，低飞，巨大身形降落在破碎墙间。

“阿格尼·黎白南。”龙对王说。

“至寿者。”王对龙说。

“艾撒登·夫尔那登南。”龙响亮且带着嘶声说道，宛如一波波钹响。

黎白南身旁，召唤师父烙德稳当站着，以创生语重复龙的话，再以赫语说：“曾经分隔的事物，如今分隔。”

形意师父站在两人附近，头发在渐亮天色中发光，说：“曾经建造的事物，如今破碎；曾经破碎的事物，如今完整。”

他渴望地抬头看着天空，看着金色龙与红铜色龙，但她们如今几乎已飞出视野，大旋涡般盘旋在绵延低倾的大地上，原本空虚的幻影城市在白日光芒中消失无踪。

“至寿者。”阿兹弗唤，细长的头缓缓转向他。

“她会偶尔随着道路回到林中吗？”阿兹弗以龙语问。

凯拉辛细长、深不见底的金黄大眼凝视阿兹弗，巨大的嘴像蜥蜴般，似乎合拢成微笑，无语。

凯拉辛沿墙行进，依然伫立的石块在铁肚磨蹭下滑动坍塌，它扭曲身子远离，在一阵高举双翼的鼓动与敲击声中越离山坡，低飞过大地朝高山而去。山顶如今因烟雾、白蒸气、火光与阳光而明亮。

“来吧，朋友。”塞波以轻柔的声音说，“我们自由的时刻未到。”

日光已出现在最高的树顶，空地上依然存有晨曦的冰冷灰光。恬娜坐在地，手触赤杨的手，脸俯低，看着垂挂草叶上的冰冷露珠，看着小且纤细的水滴悬挂草叶边缘，每一滴都映照出全世界。

有人念她的名字，她没抬头。

“他走了。”恬娜说。

形意师父在她身边跪下，以温柔的手碰触赤杨脸庞。

他沉默跪着片刻，才以恬娜的语言说：“夫人，我看到恬哈弩，她在另一个世界的风中全身金光地飞翔。”

恬娜抬头瞥向形意师父，他的脸色苍白，疲累，但眼中有一抹自豪。

她挣扎，开口，语调粗哑，几乎无法辨认：“完整的？”

他点点头。

她轻抚赤杨的手，那是修补师的手，细净，灵巧。眼泪涌入双眼。

“让我陪他一会儿。”说完她开始流泪。她将脸埋入双手，狠狠、苦苦、静静地哭泣。

阿兹弗走向屋门边一小群人。黑曜与阿赌站在召唤师父附近，表情沉重焦急的召唤师父则站在公主旁边。公主蹲在黎白南身侧，双臂将他隔挡身后好保护他，不准任何巫师碰触，她双眼射出精光，一把原属于黎白南的出鞘匕首握在手中。

“我跟王一起回来。”烙德对阿兹弗说，“我试着留在王身旁，不确定该怎么走。公主不肯让我靠近王。”

“佳奈依。”阿兹弗以卡耳格语道出头衔：公主。

公主望向阿兹弗，大喊：“感谢阿瓦与乌罗，赞美大地之母！阿兹弗大人，叫这些该死的术士走开！杀了他们！他们杀死了我的王。”她将修长铁刀朝阿兹弗伸去，递过匕首。

“不，公主，王是跟龙族伊芮安去的，但这名术士把王带回我们身边。让我看看王。”阿兹弗跪下，微转黎白南的脸好仔细端详，将双手放在他胸膛。“王很冷，返程很艰辛，公主，把王抱在你怀里，帮他保暖。”

“我一直试着这么做。”公主说，紧咬下唇，抛下匕首，俯身靠向不省人事的男子，“噢，可怜的王！”她以赫语轻轻说道，“亲爱的王，可怜的王！”

阿兹弗站起，对召唤师父说：“烙德，我想王没事，如今公主比我们有用得多。”

召唤师父伸出巨掌，扶住阿兹弗：“站稳了。”

“守门师父……”阿兹弗问，脸色比之前更苍白，环顾空地。

“他跟帕恩巫师一起回来。”烙德说，“阿兹弗，坐下。”

阿兹弗依言，坐在前天下午众人在空地围圈席地而坐时，老变换师父所坐的木块上。仿佛已是千年前的事，变换师父在傍晚时回去学院，然后长夜开始……这一夜令石墙如此靠近人世，一睡着便去到墙边，去到墙边便是恐惧，无人安睡。或许在整个柔克，甚至所有岛屿上，都无人能睡……只有前去指引道路的赤杨……阿兹弗发现自己开始打盹、颤抖。

阿赌试图劝阿兹弗回到冬屋，但他坚持留在公主身边，为她翻译。还有，在恬娜身边好保护她，他在心里想着却未说出口。好让她哀悼。但赤杨已无须哀悼，他已将悲伤传递给恬娜，给所有人；他的喜悦……

药草师父走出学院，在阿兹弗身边忙碌不休，为他披上冬季斗篷。阿兹弗坐在地上，陷入疲累、燥热的半眠状态，刻意忽略他人存在，看着阳光蹑手蹑脚爬下树叶，隐约因这么多人进入他甜美安静的空地而感到烦怒。他的坚守终于获得报偿。公主来到身边，在面前跪下，带着急于表达的尊敬凝视，说：“阿兹弗大人，王希望与你谈话。”

公主扶他站起，仿佛他是老头。他不介意。“谢谢你，佳音哈。”

“我不是王后。”公主边笑边说。

“你将会是。”形意师父说。

正值满月涨潮，“海豚”必须等海潮退去，方能通过雄武双崖。恬娜直到中午才在弓忒港下船，然后是段漫长上坡路。她穿过锐亚白镇，走上通往小屋的悬崖小径时，已近日落。

格得正为壮硕的包心菜浇水。

他站直身子，看到恬娜走来，脸上露出老鹰的神情，皱眉：“啊。”

“噢，亲爱的！”恬娜赶忙上前最后数步，格得向前迎来。

恬娜累了。她乐于与格得并坐，分享一杯星火酿造的好红酒，看着早秋傍晚在西方海面燃成一片金黄。

“我该怎么描述整件事呢？”

“倒着说。”

“好吧，就这么说。他们希望我留下，但我说我想回家。但因他们订婚，必须召开议会，王的议会。之后一定会有一场盛大婚礼之类，我想我无须去，他们在那一刻已真正结为连理，透过叶芙阮之环而结合。我们的环。”

格得看着她，微笑，一个只有她才见过的灿烂甜美微笑——至少她这么想。

“然后呢？”

“黎白南走上前来，站在这里，就站在我左边，赛瑟菈奇走上前，站在我右边。我们站在莫瑞德王座前面，我举起环，就像我们把它带回黑弗诺时一样，记得吗？在‘瞻远’中，在阳光下？黎白南将环握在手中，吻了环之后还给我，我把环套上公主手臂，十分顺利地滑过她的手，赛瑟菈奇可不娇小呢。噢，格得，你真该看看她！她真美，像只尊贵的狮子！黎白南终于找到匹配的伴侣！所有人欢呼，接着开始举行庆典。之后我终于能离开。”

“继续说。”

“倒着说？”

“倒着说。”

“好吧。在这之前，是柔克。”

“柔克从不简单。”

“的确。”

两人沉默地喝着红酒。

“告诉我形意师父的事。”

恬娜微笑：“赛瑟菈奇叫他战士，说只有一名战士才会爱上龙。”

“那晚，谁跟他进入旱域？”

“他跟随赤杨。”

“啊。”格得语气中带有讶异与某种程度的满意。

“其余师父也跟随赤杨，还有黎白南及伊芮安……”

“恬哈弩。”

一阵沉默。

“恬哈弩走出屋外，我跟出去时，她已经走了。”一阵长长的静默，“阿兹弗看到她。在阳光下，乘驭另一阵风。”

一阵沉默。

“它们都离开了，无论在黑弗诺或西方诸岛，都已没有龙。黑曜说，虚影之地与其中的虚影和光明世界重合时，它们也重得属于它们的真正领土。”

“我们打破世界，好让它完整。”

长久之后，恬娜以安静单薄的声音说：“形意师父相信，只要他呼唤伊芮安，她便会回到心成林。”

格得一语未发，长久后才说：“恬娜，看那里。”

她朝格得所望的地方望去，望入西方海上昏暗的天空。

“如果恬哈弩来，她会从那里来；如果她不来，她就在那里。”

恬娜点点头。“我明白。”她双眼盛满泪，“回黑弗诺时，黎白南在船上为我唱了一首歌。”她不会唱歌，但悄声念出词，哦，我的喜悦，自由吧……

格得别过头，看向森林、高山，逐渐深暗的山峰。

“告诉我。告诉我，我不在时，你做了些什么。”

“看家。”

“你去森林里散步了吗？”

“还没。”

《地海传奇》全系列完

作者后记

AFTERWORD

终于，第一次，《地海传奇》以正确的顺序完整地出版了。我非常感谢所有参与其中的出版商和编辑们，大家一同合作出版了这个一致的版本，通过这个版本，读者们终于可以看到这个完整的故事了。

《地海传奇》六本出版前后间隔长达三十一年，由四个不同的出版商推出过精装版和许多不同的平装版。它仍被叫作“三部曲”，但自从一九九〇年起，它就不是一个三部曲了。在英格兰，一家出版商称其为“四部曲”，而另一家颠倒了第五本和第六本的顺序，就好像这是件无所谓的事情。

我不认为这套书是一个三部曲或是六部曲，或是一个系列，我只是简单地认为它是套《地海传奇》。如果必须给它个术语，而奇幻必须是三部曲，那也许我们能称它为两套三部曲？至少，这样能体现出前三本书和后三本书的区别。

以市场定位来说，前三本是“青少年”小说，而后三本不是。但是，“青少年小说”，就像大多数市场上的书本分类一样，其实不能定义任何书，除了那些为适应这个类别而特意写成的书。“青少年”这个类别的文学有着青春期的主角们——那么，《罗密欧与朱丽叶》是“青少年文学”吗？马克·吐温的《哈克贝利·费恩历险记》是不是只能让和费恩同年龄的人看呢？——我写《地海巫师》时的确迎合了出版商的要求，写作了一本适合年轻人阅读的书。而接下来两本书的主角也同样是真实可信的年轻人：格得在《地海巫师》的结尾只有十九岁，而恬娜和亚刃在他们书的结尾，大概比格得还年轻。

但在《地海古墓》中，格得已经起码三十岁了，在《地海彼岸》他则已是个中年人。在《地海孤儿》中，我完全打破了这个类别的限制。我对自己说，如果人们喜欢奇幻，他们就会读奇幻，无论这些读者或角色的年龄多大。九岁可以读《魔戒》，八十九岁也可以重读《爱丽丝梦游仙境》。我想跟随我的这些已度过青春期的角色，去看看他们完整的人生，我也相信我的读者们会跟我一同去看。

所以，在《地海孤儿》中，完全没有青少年。瑟鲁是个小女孩，恬娜是个中年女子，格得是个中年男子。然后是《地海故事集》，其中有各个年龄层的角色。最后是《地海奇风》，除了赛瑟菈奇公主，没有一名主角的年龄在二十岁之下，恬娜已满头华发，格得已年逾古稀。在我和他们漫长丰富的一生中，我都在叙述这些角色的故事。我很感激我的读者们能同他们一起经历那些人生。

我也很感激，自己能有机会写作这本书，我更喜欢称它为献给这个故事的礼物。对一个作者来说，这样的一件礼物总是一个谜团。从某种意义上来说，这个故事本身对我仍然是一个谜。

我能看出，在这本书中，之前每本书中的元素现在都汇集在了一起，呈现出了我在写《地海巫师》时绝对没有预见的景象。当我开始写《地海奇风》时，我能确定的事情只有，使用巫术时日益严重的不平衡，是由一个古早犯下的影响深重的错误导致的。那不仅仅是《地海彼岸》中的喀布和柔克的索理安所表现出来的对力量的误用，对控制的误求以及对死亡的误解。这是我的大主题。为了找到解决方法，我必须从头到尾经历这个故事。我的确如此做了。这本书想说什么，我只能知道一部分；直到它真的说出故事，我才完全明白。

我不会也不想要去解释它说了什么。我被问过一千次，一个故事有什么“含义”，每一次我都越来越确信，只要我正确地叙述了故事，找出它的意义，是读者们的事情。

为了带着我走完这最后的游戏，我不仅需要其他几本书中的角色，还需要一些新角色。赤杨、塞波、赛瑟菈奇，每一个角色都在属于他们的时刻登上舞台——赤杨，不用说，第一页。最让我惊奇的是赛瑟菈奇。我完全不知道她接下来会说什么或做什么。我甚至都不知道她长什么样，直到她从她的红帐子中跑出来，扑向恬娜。地海确实吹起了新的风，而这一阵从东方鲜活吹来，吹得国王惊慌失措，吹得我欣喜不已。

没有她，没有格得，谁将赤杨送往黑弗诺？没有任何一个在故事高潮那晚聚集在柔克岛上的人，他们就不能去往横亘于生死之间的石墙。他们也不能解放那些被虚伪黑暗禁锢的囚犯。

我已经，相信我，真的学会了不再称哪本书是“终章”。但我想要告诉那些写信给我，让我再写一本地海故事的好心人们，就我所知，我要叙述的故事已经在这儿完结了。关于弓忒的恬娜和格得的故事。

它回到了很早之前开始的地方。在柔克黑暗的夜晚以及其他世界明亮的清晨，它终于回到了始终前往的地方——然而它越过了那里，不是一个封闭的圆，而是一个螺旋，像是我们地球的轨道。生活终结，生活继续；一个故事结束，其他继续。我知道，黎白南国王与赛瑟菈奇王后的统治将会在内环王国与卡耳格王国被长久传颂。我觉得，柔克会改变，也许魔法本身会改变。我不确认，龙还会否从西之彼方复返，但我知道恬哈弩会的。我知道格得接下去会去哪里。

但讲故事的人不会说出她所知道的一切。当故事结束时，她亦噤声。然后，过一段时间，也许她会说："但现在听好！我有另一个故事要说！很久很久以前，在世界的西岸，住着能使用奇怪咒语的人们……"

读客®

科幻文库

跟着读客读科幻，经典科幻全看遍

太空歌剧、赛博朋克、奇幻史诗……

中国、美国、英国、俄罗斯、波兰、加拿大、日本、牙买加……

读客汇聚雨果奖、星云奖、轨迹奖获奖作品

精挑细选顶尖的科幻奇幻经典

陪伴读者一起探索人类文明的过去、现在和未来

亿亿万万年，直至宇宙尽头

读客科幻文库

读客®

图书在版编目（CIP）数据

地海传奇6：地海奇风 / (美) 勒古恩（Le Guin,U.K.）著；段宗忱译. -- 南京：江苏文艺出版社, 2014.1（2023.12重印）
（读客全球顶级畅销小说文库）
ISBN 978-7-5399-6685-4

Ⅰ.①地… Ⅱ.①勒… ②段… Ⅲ.①长篇小说－美国－现代 Ⅳ.①I712.45

中国版本图书馆CIP数据核字 (2013) 第 245981 号

地海传奇6：地海奇风

[美] 厄休拉·勒古恩 著　　段宗忱 译

责任编辑　丁小卉
特约编辑　孟汇一　　王予润
封面设计　陈　昭
责任印制　刘　巍
出版发行　江苏凤凰文艺出版社
　　　　　南京市中央路 165 号，邮编：210009
网　　址　http://www.jswenyi.com
印　　刷　三河市龙大印装有限公司
开　　本　890毫米×1270毫米 1/32
印　　张　9.25
字　　数　198千字
版　　次　2014 年 1 月第 1 版
印　　次　2023 年 12 月第 16 次印刷
标准书号　ISBN 978－7－5399－6685－4
定　　价　45.00 元
